L'ESPRI

Janine Boissard, écrivain et journaliste, travaille pour la télévi-sion et pour le cinéma en tant que scénariste et dialoguiste : elle a fait des adaptations de romans policiers; est l'auteur de séries télévisées.
Janine Boissard a publié chez Fayard la célèbre série L'Esprit de famille, *comportant cinq romans :* L'Esprit de famille, L'Avenir de Bernadette, Claire et le bonheur, Moi Pauline, Cécile la poi-son *et deux autres romans :* Une femme neuve — Rendez-vous avec mon fils.

Avoir « l'esprit de famille », c'est aimer se retrouver parmi les siens, non pour s'y enfermer, mais pour y prendre des forces afin de mieux s'ouvrir aux autres. Elles sont quatre sœurs : Claire, Bernadette, Pauline et Céline. Elles ont entre vingt et un et treize ans. Résolument modernes, de goûts et d'aptitudes radicalement différents, leur point commun est l'amour de la « maison » et de leurs parents qu'elles contestent et révèrent avec une égale passion.
Durant les quelques mois que nous allons passer au sein de cette famille, nous assisterons à beaucoup d'événements : des événe-ments graves comme l'amour, la maladie, la séparation; mais aussi des événements heureux, tendres, quotidiens : la vie!

JANINE BOISSARD

L'Esprit de famille

ROMAN

FAYARD

A ma mère.

Une des filles

CHAPITRE PREMIER

PAULINE FAUTE DE MIEUX

Je n'ai jamais aimé mon nom. Enfant déjà, quand on me le demandait, je marquais, paraît-il, un instant d'hésitation avant de répondre; ou bien, au contraire, je le lançais avec défi : « Pauline... et après ? »

C'est un nom de poupée avec des ongles peints, des paupières articulées et un disque dans le ventre pour pleurer quand on la couche.

Mes parents espéraient un garçon; il s'appellerait Paul comme grand-père; ils ont manqué d'imagination ou de courage pour changer. Je m'appelle Pauline, faute de mieux.

Ma petite sœur, elle, a bénéficié de Cécile, un nom en forme d'anneau, un nom qui s'enfile comme un pull angora. Quant à Claire et Bernadette, mes aînées, leur nom n'a rien d'extraordinaire mais quand on le prononce, il tient.

Je me dis parfois que si j'ai décidé d'écrire, et, si possible, de devenir célèbre, c'est à cause de cette Pauline que je ne sens pas tout à fait moi; pour y coller de l'épaisseur, pour montrer qu'on ne s'y trompe pas et qu'on va voir ce qu'on va voir! Mais à ce besoin d'échapper il y a tant d'autres raisons, et d'abord ces chevaliers, ces pianistes de renom, ces chanteurs

7

fameux qui tant de nuits sont venus me chercher dans mon lit et, éblouis par ma beauté et le génie qu'ils pressentaient en moi, m'ont emportée entre leurs bras. Tous ces voyages !

N'ayant rien contre les clichés, je dirai que dans un monde qui m'apparaît comme la mer bouleversée que je découvris à cinq ans et qui me fit l'affront d'éclabousser mon pantalon neuf, la famille est pour moi la maison quiète, solidement close, tendrement éclairée qui attend sur la butte, pas trop près du rivage. De sa cheminée sortent des messages de paix qui vont se mêler aux nuages. Sitôt dans le vestibule, on est doucement assailli d'odeurs de bois ciré, de pommes au four, de ce gros velours dont on faisait les rideaux autrefois. Et il y a aussi les bruits; ceux sans histoire d'une maison heureuse.

Je ne peux me défendre contre cette certitude que quoi qu'il arrive de douloureux ou de terrible, cette maison tiendra le coup, que nous nous y retrouverons tous les soirs; pour que maman puisse sourire à notre venue; pour que Bernadette se moque des airs languissants de Claire, pour que Cécile proteste, pour que tout simplement la vie continue, comme il faut, quelque part.

Mon père, Charles, est médecin généraliste, ce qui veut dire qu'on n'est jamais certain qu'il pourra aller jusqu'au dessert. Et il est conventionné, ce qui signifie que si nous n'avons aucun « vrai » souci d'argent comme dit maman, en appuyant sur le « vrai » pour nous convaincre de notre chance, le mot « prudence » règne sur le budget. Si Bernadette a pu passer son monitorat d'équitation c'est grâce aux milliers de pains qu'elle a vendus au supermarché durant ses jours de congé. Claire peut parader en longues jupes à condition de les coudre elle-même. Je cherche — sans trouver — à garder des enfants le soir chez des gens qui accepteraient de me raccompagner chez moi après. Quant aux sports d'hiver, depuis deux ans, plus question !

Sur les papiers officiels, maman indique : « femme à la maison », l'équivalent, paraît-il, de « sans métier ». A part celui de mère de famille, éducatrice, blanchisseuse, ravaudeuse et fabricante de tartes maison, je la considérais volontiers comme « écouteuse ». Si ce métier existait, elle pourrait faire inscrire sur sa porte : « Mme Moreau écoute de quatre à sept » et gagnerait des tas d'argent. Outre son mari et ses filles pour qui, forcément, ce serait gratuit, elle n'aurait qu'à continuer moyennant finances à écouter les amis, les voisins, le facteur, tous ceux qui sous prétexte de souffler une petite minute ou d'admirer les trouvailles florales de papa viennent lui ouvrir leur cœur.

Pour eux aussi, la maison doit être cette lumière qui ne s'éteint jamais. Et quand de la fenêtre de mon grenier je les vois repartir, réchauffés, sautant d'une enjambée alerte le ruisseau dans lequel, en arrivant, ils semblaient prêts à piquer du nez, parce que je suis issue, moi, de cette chaleur, je me sens reine !

De nous quatre, Claire, vingt et un ans, est l'aînée et la plus belle. Longue et blonde comme une héroïne de roman, des yeux bleus transparents, des pieds fins que je lui envie. On lui reproche de ne pas les avoir sur terre ; elle rétorque qu'elle se sent bien là où elle est et entend y rester, à bon entendeur salut ! Pour lui faire le caractère, on l'a surnommée « la princesse » ; quand on s'est aperçu que ça lui plaisait énormément, c'était trop tard : le pli était pris.

Jusqu'à huit ans, Bernadette, la seconde, faisait pipi debout dans l'espoir de devenir un garçon ; elle s'est résignée à son état à condition de ne pas porter de jupe et d'emprunter les pipes de papa. Le cheval est sa passion. Une semaine après avoir obtenu son bachot, elle vendait ses livres d'occasion pour s'acheter des bottes et s'engageait au manège de Heurte-Bise en tant que premier palefrenier. Le dimanche, elle accompagne les promenades : « Les Parisiens », dit-elle avec mépris. Elle est à peine payée mais peut monter Germain, son cheval favori, quand ça lui plaît. Plus tard, elle aura son manège à elle. Je crains que la cravache ne caresse surtout les mollets des clients. Bernadette a dix-neuf ans, deux kilos de plus que Claire, mais ça ne se voit pas, c'est dans les muscles; des cheveux bouclés châtains, les yeux noirs de papa, un aspect plein, oui, plein. J'aime l'appeler Bernard.

Cécile, douze ans, est la dernière, la poison, les sept plaies d'Egypte. Elle a décidé que la vie était faite pour se la couler douce et, en conséquence, elle la coule dure aux autres. Comme cette petite ne faisait rien au lycée, on l'a mise dans une boîte privée qui nous coûte les yeux de la tête. C'est notre seul luxe. Elle nous en remercie en ne quittant son transistor que pour le poste de télévision. Ses cheveux, très épais et longs, seraient superbes si elle y passait le peigne plus d'une fois par semaine. Elle mange la totalité de ses ongles, c'est-à-dire aussi ceux des pieds. Comme elle est boulotte, elle prétend que c'est là une façon agréable de faire sa gymnastique.

J'ai eu dix-sept ans hier. Dans sept mois je passerai mon bachot de français. Je le vois pour l'instant comme une porte fermée. Les yeux pers, paraît-il, les cheveux moyens, ni grasse ni maigre, il me semble sur tous les plans avoir un peu de chacune. Ainsi que Bernadette, je me sens capable de prendre le monde à bras-le-corps pour lui imprimer une direction plus juste. J'ai, comme Cécile, toujours un refrain dans la tête. Et certains matins, quand j'ai réussi à convaincre une bonne âme de me porter mon chocolat au lit, je me vois assez bien comme Claire, belle dame en décolleté, occupant ses journées à tourner les têtes en dévoilant des pans de peau nacrée.

Qui suis-je?

C'est il y a cinq ans, après beaucoup de discussions et vote à main levée, que nous avons décidé de quitter

10

Paris. Mon père rêvait de dormir fenêtre ouverte sur ses plantations. Maman n'était pas contre à condition de pouvoir disposer d'une voiture, n'importe quoi qui roule, pour garder sa liberté. Bernadette, n'en parlons pas : il y avait un manège à proximité. Quant à Cécile et à moi, l'idée d'avoir chacune notre chambre a emporté la décision. Inutile de dire que Claire était contre; elle ne supporte pas le changement et a déclaré qu'à part un divorce rien ne vieillissait davantage que de changer d'habitation.

La maison, dans un petit village à vingt-cinq kilomètres de Paris, règne sur un demi-hectare de terrain, ce qui est amplement suffisant pour celle qu'on charge du ramassage des feuilles mortes à l'automne. Nous lui avons gardé son nom : *La Marette*. « Petite mare », dit maman. « Petite marée », me dis-je, car alors je sens toute la mer derrière.

Nous avons six jeunes pommiers, un saule, deux noyers qui donnent chaque année, une sorte de sapin qui s'est trompé de sens et se répand au lieu de monter, quelques autres arbres et arbrisseaux dont je ne connais pas le nom mais qui se plaisent chez nous. Au centre du jardin un bassin en forme d'œil, alimenté par une source glacée, permet de mettre à rafraîchir les jus de fruits l'été sans remonter jusqu'au réfrigérateur. S'y baigner est héroïque !

On n'entend vraiment passer les voitures que le samedi quand il y a des mariages et que les gens annoncent leur bonheur en assourdissant la population à coups de klaxon. Par contre, le grondement des péniches au fond du jardin, où coule l'Oise, nous est devenu familier : voix sourde et régulière qui parle linge qui flotte et voyage.

Quand chacune a choisi sa chambre, j'étais seule en faveur du grenier. Après avoir essayé une nuit, Cécile a déclaré que des légions de rats galopaient au-dessus de sa tête. À mon avis, il s'agit d'oiseaux; à l'aube, je les entends battre des ailes.

A moi donc, tout en haut, la longue mansarde ciélée de poutres dont une fenêtre ouvre sur le jardin et l'autre sur la rue, ou plutôt le chemin, absent des cartes routières et qui ne dessert que quelques maisons avant de se jeter dans un champ de betteraves.

Cécile a pris une chambre minuscule au même étage que moi en se disant que ce serait plus facile à ranger et que maman y mettrait moins souvent le nez, ce qui était parfaitement calculé.

Claire s'est installée au premier à côté des parents et de la salle de bain dont, chaque matin à onze heures, elle s'arrange pour vider totalement le cumulus, soi-disant pour se laver.

Bernadette n'a pas hésité : le sous-sol ! Elle y dispose d'une grande pièce presque vide, blanchie à la chaux, qui servait de menuiserie aux gens qui nous ont précé-dés. Elle a gardé les clous aux murs pour y suspendre ses vêtements entre des photos de chevaux. Le sol, cimenté, est très froid aux pieds l'hiver. Elle refuse obstinément toute amélioration de situation.

Papa s'attend à la retrouver un matin couchée dans une botte de paille comme Germain.

CHAPITRE II

L'AMOUR COMME A SEIZE ANS

CE matin, l'hiver est tombé. Je m'en aperçois en retirant le volet qui clôt ma fenêtre. Un molleton de brume couvre la pelouse, la cloche de l'église brasse du coton; je sais que les feuilles, au lieu de craquer sous le pied, comme des gaufrettes, vont coller aux semelles. Une péniche passe et lance un long appel de navire égaré en mer.

J'aime l'hiver, la saison de la maison, où tout bruit, craque, soupire; où chaque soir, revenant du lycée, je trouve maman près de la cheminée, nous mijotant le feu.

C'est dimanche! Quelle heure? D'après le ciel, tôt. Trop tôt pour se lever. Et pourtant, voici que j'entends sur le gravier le pas de Cécile qui revient des croissants. Le petit déjeuner est servi!

Sauf quand il y a des invités on prend les repas à la cuisine. Elle est immense, avec une baie donnant sur le bassin et, plus loin, notre fière rangée de pommiers. Un laurier pousse contre la fenêtre. Pour les ragoûts, il n'y a qu'à tendre la main.

Quand j'entre, tout le monde est déjà à table. Papa en face de son café noir, maman de son café au lait, Claire de son thé au jasmin, Bernadette de son lait cru,

Cécile de son chocolat glacé. J'embrasse à la ronde et prends place entre Bernadette et maman. Ça sent l'orage. Il couve à mon avis entre papa et Cécile que ses airs innocents trahissent et qui s'applique à poser son bol au centre d'une fleur sur la toile cirée. Elle a comme ça toutes sortes de manies. Si le bol dépasse de la fleur, elle aura zéro en dictée.

Maman coupe en deux son croissant sans faire une seule miette et le beurre à l'intérieur, imitée dans ses moindres gestes par Claire qui, son long cou blanc émergeant d'un déshabillé vaporeux, prend des airs de princesse blessée.

Je sens contre mon mollet une botte de Bernadette. Elle a aussi son jean mais, au-dessus, juste un soutien-gorge. Elle se plaint toujours qu'on étouffe ici !

Papa retire ses lunettes : mauvais signe ! Les essuie longuement alors qu'elles n'en ont nul besoin, se tourne vers Cécile.

« Qu'as-tu fait de Mozart ? »

Cette introduction surprenante faite par un homme en pyjama rayé style Cayenne suspend tous les gestes. On entend soudain le gros réveil. La semaine dernière, pour ses douze ans, papa a offert la *Messe du couronnement* à la poison.

« Je l'ai changé contre Laforêt !

— C'est ce qu'il m'avait semblé entendre, dit Charles[1]. Peux-tu me rappeler le titre ?

— *Fais-moi l'amour comme à seize ans !* »

Bernadette pouffe. Claire fait mine de se concentrer sur son croissant, mais son œil ne quitte pas maman dont elle attend la réaction pour se prononcer.

« Je me réjouissais d'entendre cette *Messe* avec toi, poursuit papa avec une redoutable douceur.

— On pourra écouter ensemble mon Laforêt », propose généreusement Cécile.

Une lueur d'amusement a dansé dans les yeux de

1. Papa !

14

maman. Claire daigne sourire. Charles penche un long abdomen rayé au-dessus de la table. Passe une odeur de draps chauds et de bombe à raser.

« Je vais te dire une chose, ma petite fille ! Ta Laforêt ne m'intéresse pas. Pas plus que tes Claude François, tes Adamo ou tes Vartan. Il n'y a là-dedans ni musique ni paroles. C'est tout simplement... rien !

— Ben moi, c'est Mozart que je trouve débile et con », lâche Cécile.

Il y a beau temps que la famille s'est résignée à ce que, de son cours privé en or massif, cette petite ramène un vocabulaire choisi. Mais qu'elle y associe Mozart, pour papa, cela dépasse les bornes. Son menton frémit d'indignation. On devine quelle lutte il mène contre lui-même pour ne pas chasser Cécile à coups de pied ; mais il se dit qu'il faut être un père moderne et discuter.

« Explique-toi, dit-il d'une voix sépulcrale.

— Ou y a pas de paroles, ou on les comprend pas, dit Cécile ; ils chantent tous en langue morte. »

Bernadette éclate de rire et dit :

« Parce que Mademoiselle comprend peut-être les paroles de Laforêt ! »

A son tour, elle se penche en travers de la table et, cette fois, passe une bonne odeur de gros savon. Elle a un semis de grains de beauté sur l'épaule droite.

« Je suis d'accord avec papa ! C'est ton disque qui est con. *Fais-moi l'amour comme à seize ans...* qu'est-ce que ça veut dire ? A seize ans on est complètement bloqué. On fait l'amour comme un pied. C'est ça qu'elle dit, ta Laforêt. « Fais-moi mal l'amour ! » C'est comme si tu disais à maman : « Fais-moi un gâteau raté, je t'en « supplie, ça me changera. » Encore faudrait-il que tu aies goûté les bons avant. »

Sur ce, Bernadette engloutit une énorme bouchée de pain complet gorgé de lait cru. On entend à nouveau le réveil. Papa s'est tourné vers sa seconde fille qu'il regarde bouche bée.

« Parle pour toi », dit Cécile qui a eu le temps de reprendre ses esprits.

Heureusement pour l'atmosphère, le téléphone sonne et on entend bientôt avec soulagement le docteur Moreau parler d'hépatite virale et de foie de morue.

Cécile se jette sur un croissant.

« J'eusse cru, grommelle-t-elle, car elle affectionne aussi certains temps compliqués, que seize ans, c'était le plus bel âge de la vie.

— Ça dépend pour quoi faire, explique Bernadette.

— De toute façon, tu aurais dû me consulter avant d'échanger ton disque, reproche maman de sa voix douce.

— Ou tu disais « non » et j'étais obligée de te désobéir, rétorque la petite; ou c'était « oui » et je te mettais dans l'embarras vis-à-vis de papa.

— Suprême délicatesse », lâche Claire.

Cécile l'élimine d'un regard de mépris.

« Je suppose que je ne peux pas quitter la table pour aller faire mon lit et ranger ma chambre? » dit-elle.

Bernadette ricane. Maman secoue la tête.

« Tu as à peine commencé de déjeuner. »

En langage maternel : « Aie le courage de tes actes. Vidons l'abcès. »

Les cloches de l'église sonnent pour rappeler que c'est dimanche et que papa aura tout son temps pour explorer ledit abcès à fond.

Cécile regarde avec souffrance la pile de croissants.

« Quand je pense que j'ai couru pour vous les ramener chauds ! »

Papa revient et reprend place en silence à la table. Il ne touche pas aux croissants mais se ressert un grand bol de café.

« C'était Mme Lelièvre? » interroge maman.

Il incline la tête. Une hépatite, due, paraît-il, à des moules, dévaste les environs. Bernadette, qui s'est mise à la nourriture naturelle, car manger de la viande ce serait comme manger Germain, mastique triomphalement son gros pain bis. Le silence s'abat. C'est elle qui va le rompre. Et quand elle parle comme ça, j'ai l'impression qu'elle s'exerce à sauter les haies.

« A propos, dit-elle, vous avez vu qu'on donne trois pornos rien que dans l'avenue du Maréchal-Leclerc ?

— Pornos ou érotiques ? » interroge Cécile.

Papa retire à nouveau ses lunettes et prend son front entre ses mains. J'imagine qu'il était revenu à table plein de bonnes résolutions parce qu'après avoir raccroché il était resté un petit moment sur la chaise, les yeux sur ses chaussons, à se raisonner en donnant sur ses genoux des coups de poing impératifs. Comme diversion, c'est réussi !

« Ne pourrait-on parler d'autre chose ? » suggère Claire.

Il faut toujours que la princesse vole à la défense des parents comme si elle avait à se justifier d'avoir été mise au monde, elle qui est arrivée si facilement que maman prétend n'avoir rien senti avant d'entendre crier dans son lit.

Cécile lui lance un regard compatissant.

« De toute façon, tu ne peux pas comprendre !

— Et pourquoi, mademoiselle ?

— T'as pas de poitrine, lâche la poison, même Nicolas l'a remarqué ! Rien dans le soutif ! »

Le visage de Claire s'empourpre. Le sang, après avoir envahi les joues, descend dans le déshabillé qu'elle resserre autour de son cou. Je la trouve très belle quand elle s'indigne. Elle repousse son thé et se lève. Le coup est méchant parce que vrai. Claire est plate comme la main et s'en désespère. Rien n'y a fait, ni les crèmes des îles lointaines, ni les masseurs électriques japonais destinés à stimuler la glande et qu'on a vus se succéder en paquets très discrets. Résignée, elle compense par des soutiens-gorge renforcés mais a dû renoncer au slow parce que ça cabosse quand les garçons la serrent.

Elle quitte la pièce, abandonnant son demi-croissant

beurré, bombant son absence de poitrine. Je peux voir que Cécile regrette. Elle regrette toujours après. Maman et Bernadette la regardent d'un air sévère. Il va falloir des heures de discrètes allusions pour faire admettre à l'outragée qu'une fille sans poitrine a droit comme les autres au bonheur.

« Qui est ce Nicolas? interroge papa sévèrement.

— Mon cop', dit la petite.

— Tu devrais nous l'amener, intervient maman; on serait tous ravis de le connaître. »

La tactique maternelle : attirer dans la toile. Et quand les amis sont ici, elle les apprivoise, les désarme.

« Pour Claire, dit Bernadette, tu n'es qu'une peste. Je t'apprendrai d'autre part que les filles sans poitrine ont un succès fou dans certaines boîtes; on trouve ça très érotique et sache de plus, puisque tu t'y intéresses, que les spectacles érotiques, c'est chiant comme la mort.

— Parce que tu es une habituée, je suppose, intervient papa dont les yeux recommencent à sortir de la tête.

— Il faut bien y aller une fois pour se rendre compte. »

Bernadette étale ses jambes, se met à l'aise. Avec ses cheveux courts autour de son visage rond, ses bottes, son jean ajusté dont la fermeture est cassée, son soutien-gorge qui ne cache rien, elle est très sexy.

« Je ne te demanderai pas le titre du film que tu as vu ? » interroge papa.

En conséquence, Bernadette ne répond pas. Charles se tourne vers maman.

« Il me semble, soupire-t-il, que nous connaissons bien imparfaitement nos filles. »

Il y a un silence. Ce que j'aime en maman c'est qu'elle ne s'étonne jamais. Vous lui diriez : « Dehors, le monde vient de s'écrouler », elle dénouerait son tablier et répondrait : « Voyons ce que l'on peut faire. »

Le monde continue. Le jardin sèche avec des crépitements. Les cloches de l'église appellent pour la seconde fois. Je sens le regard de papa sur moi. Je sais ce qu'il va dire. Je me fais toute petite. Je mâche sur la pointe des dents.

« Et Pauline, dit-il. N'a-t-elle donc pas aussi son avis sur la question ? »

Maman me sourit tendrement. Cécile me regarde comme si elle était ma grand-mère. Bernadette savoure son lait. Je murmure : « Rien. » Non, vraiment rien ! Et je m'en veux de prendre ce ton d'excuse.

La question ne m'intéresse pas. Quand je vois, sur un mur, l'affiche d'un film érotique, je change de trottoir. Je m'éloigne de ces formes soudées dans les voitures ou sur les bancs. Je fuis les filles de la classe qui ne parlent que de « ça » !

L'amour ? Je voudrais que ce soit comme le vent, certains soirs, dans la campagne, alors que la nuit n'est pas encore tout à fait tombée ; cette haleine tiède et étrangère, que l'on sent venir de loin, qui vous pénètre et vous enlève. Ou comme la première caresse de la vague, sur les pieds, après le long hiver.

Je suis sur le sable, là où la mer n'arrive pas encore tout à fait, et j'attends. Ce que je préfère, c'est le bruit soyeux après l'éclatement de la vague, quand l'eau, en une lisse caresse, prend tous les recoins, les pénètre, les rafraîchit, les fait vivre, y dépose sa mousse crépitante.

Il n'y a dans les images aux murs, les revues aux devantures des kiosques, les vitrines des sex-shops, les histoires pornos, ni vent, ni vague, ni flamme ; rien que de la chair, du poil, des chaînes, et partout des bouches ouvertes comme pour crier au secours.

CHAPITRE III

MON AMIE BÉA

Comme condition pour déménager, je n'avais demandé qu'une chose : ne pas changer de lycée. Je ne voulais pas perdre Béatrice, Béa !

Je me souviens du jour où, en pleine année, alors que nous étions dans le feu des compositions, des bulletins, des avertissements — six avertissements : renvoi pour une semaine; deux renvois : convocation des parents; davantage, il vaut mieux n'en pas parler : seul débouché proposé, le nettoyage des rues —, elle débarqua dans notre classe de quatrième. Je me souviens du vent qui entra avec elle et, un moment, balaya toute contrainte. Ce fut comme si on venait d'ouvrir la fenêtre.

Plus grande que la plupart, y compris, je crois, les garçons, forte, belle, elle nous regarda tous et nous adressa un de ses sourires. J'ignorais alors qu'elle en possédait toute une gamme : de défi, d'orgueil, de courage; celui-là était d'appétit. Elle nous sourit comme si elle disait : « A quelle sauce vais-je bien pouvoir vous manger, mes petits ? »

On nous la présenta comme venant des Etats-Unis où elle avait passé plusieurs années, son père étant diplomate. C'était sûrement l'Amérique qui lui donnait ces

20

gestes, cette démarche, ces vêtements, que dire sinon libres ! Et ce fut ce souffle de liberté que nous éprouvâmes tous qui donna à chacun l'envie d'être son ami.

Je me demande encore pourquoi, le cours fini, ce fut vers moi qu'elle se dirigea. Je me retournai : il n'y avait personne derrière.

« On m'appelle Béa, dit-elle. J'aime mieux ça que Béatrice ; et toi ? »

Ce fut ainsi que nous devînmes amies.

Je m'en étonne encore. Il me semble que tout nous sépare. Alors qu'en général j'accepte comme ils viennent les choses et les gens, elle, elle commence toujours par refuser. Fille unique, elle n'a peur de rien et ne respecte rien. Elle porte en elle une sorte de défi constant. Mais pas celui de Bernadette ; pas un défi heureux.

Je l'ai mieux comprise le jour où elle m'a pour la première fois menée dans son appartement. Je n'aurais jamais cru que Béa, ma Béa, toujours vêtue de vieux machins, traînant par tous les temps des espadrilles de tennis percées, habitât un tel palais.

Dans le luxueux six-pièces, tout était à couper le souffle : de très grands canapés, de superbes lustres, une moquette épaisse, beaucoup de beaux objets venant de l'étranger. Mais j'ai pensé en y entrant à l'un de ces musées où malgré les choses les plus belles la vraie chaleur n'existe pas.

Ses parents sont peu là ; ils ne s'entendent plus et mènent chacun leur vie. Une femme de ménage passe chaque matin. Béa éparpille partout ses livres, ses disques, ses vêtements comme pour se prouver qu'elle est là, vraiment là, chez elle. A peine entrée, c'est la musique très fort ; ce sont les lumières partout. Sa porte est ouverte à qui veut. Elle n'a aucun problème d'argent. Ses parents pourvoient à tout.

« Il faut bien qu'ils soulagent leur conscience d'une façon ou d'une autre, dit-elle. A défaut de présence, ils me donnent leur fric. »

Béa n'est pas cynique. A moins qu'être cynique ce soit dire les choses comme elles sont, mais sans en rire particulièrement.

Je l'ai emmenée une fois à la maison. Tout le monde l'a beaucoup entourée. Cécile un peu trop, alléchée par ce que j'avais raconté d'elle. Comme prévu, elle s'est bien entendue avec Bernadette mais j'ai eu l'impression qu'elle était contente de partir et depuis elle n'est jamais revenue. Pourtant, elle aime me parler de *La Marette*. Mais d'une façon un peu bourrue, avec de la condescendance dans la voix, comme un athée répond à un chrétien qui lui parle de sa croyance en Dieu.

Bien que parfois, sans raison, je la déteste, Béa est ma seule véritable amie.

De la porte de la maison à celle du lycée, au Quartier latin, j'en ai pour quarante-cinq minutes : dix en mobylette, vingt en train, quinze en métro et trois à pied. Je ne rentre déjeuner que si je n'ai pas cours l'après-midi. Les jours où je reste, je vais à la cantine ou chez Béa dont le réfrigérateur est toujours rempli. Il nous arrive aussi, quand il fait beau, de manger un sandwich au Luxembourg ou des crêpes sur le boulevard Saint-Michel.

On est lundi !

« Aujourd'hui, on déjeune chez mon oncle, déclara Béa en sortant du lycée. Il habite rue Jacob. Je lui ai parlé de toi. Il veut te connaître. »

Sans me laisser le temps de refuser, elle m'entraîne. « Il est peintre, tu verras ! »

Nous traversons le Luxembourg. L'air a une saveur intense qui me fait tourner la tête. On a navigué toute la matinée dans l'atome : j'ai du mal à reposer pied en automne 1976.

Hier, j'avais cru l'hiver tombé, aujourd'hui, il se ravise. C'est jour de rémission. Papa dit que cela ne dure jamais longtemps et qu'ensuite la mort est brutale.

Le soleil pâle mais têtu tente en vain d'entamer la terre. L'eau du bassin frissonne. Des balayeurs poussent des brouettes perruquées de roux. On a envie de leur dire : « Attendez! Ce n'est pas fini! A force d'enterrer l'automne vous allez faire tomber la neige! »

Béa marche quelques pas devant. Elle porte un jean rapiécé qui tuyaute sur les mollets, un manteau de soldat américain; à son épaule, une musette de chasse. Ses cheveux bouclés moussent autour de son visage. Comme moi, elle ne se farde pas.

Elle bavarde. Elle me raconte cet oncle chez qui je n'ai aucune envie d'aller. Qui a une compagne et une fille. Qui est tantôt riche comme Crésus et tantôt pauvre comme Job. Et quand il est riche il dépense tout, tout de suite; et quand il est pauvre, il chante.

J'écoute d'une oreille distraite. Je m'en veux d'avoir accepté. Aujourd'hui, c'était jour à pique-niquer sur un banc! Sans doute le dernier avant l'année prochaine.

« Tu sais pourquoi il a envie de te connaître?

— Non!

— Parce que je lui ai tout raconté : ta famille, tes sœurs, ton grenier, ta Marette. Il n'y croit pas. Il veut toucher! »

Je m'arrête net. Béa continue quelques mètres puis s'arrête à son tour.

« Qu'est-ce qui te prend?

— Je n'y vais pas!

— Pourquoi?

— Je ne suis pas une bête curieuse. »

« Ta famille, tes sœurs, ton grenier, tout... » De quel droit, de quelle voix, a-t-elle parlé de nous à son oncle? Qu'en connaît-elle vraiment? D'un coup, je la déteste.

« Quand on aime quelqu'un, dit-elle, on en parle. Ce n'est pas ma faute si ça lui a donné envie de te voir. Tu devrais être flattée. Allez, viens! »

A contrecœur! En plus, j'ai mon collant qui file et le

vieux kilt de Claire. Je ne me suis pas lavé les cheveux depuis presque une semaine; et je n'ai pas envie de faire des mondanités entre un cours de math et un d'histoire de France.

« Mais il n'est pas mondain! s'indigne Béa. Je t'ai dit que c'était un artiste, un vrai, tourmenté, malheureux et heureux, chouette, enfin tout! De toute façon, il a préparé sa salade tahitienne, pas moyen d'y couper! On ne va pas la lui laisser manger seul! »

C'est un vieil immeuble penché en arrière, ce qui lui donne l'air offusqué. La porte cochère a cent ans et un gros bouton de cuivre dans lequel on se voit déformé. Elle cache une cour avec de la mousse entre ses pavés. Il faut monter six étages d'un escalier abrupt et qui résonne. Béa me précède comme si elle craignait que je ne me ravise, appuie le doigt sur la sonnette et ne le retire plus.

« On vient, on vient! » proteste une voix.

La porte s'ouvre au moment où je débarque, essoufflée, sur le palier. Ce ne peut pas être l'oncle, ce grand type en jean blanc, ce Pierrot barbouillé de peinture qui soulève Béa dans ses bras et l'embrasse sur les deux joues.

« Voilà Pauline », dit-elle d'un ton que je n'aime pas, comme si elle lui apportait du gibier.

Je murmure un « bonjour, monsieur! » sur la réserve et tends la main. Il s'en empare, l'emprisonne, me tire à l'intérieur de l'atelier où Béa a déjà disparu. Il a du blanc dans les cheveux et sur les cils.

« Bonjour, Pauline! »

Je lui reprends ma main, déroule mon écharpe et rejoins mon amie.

Il y a un gros poêle qui fume au milieu de la pièce, des colonnes pour soutenir le plafond, un canapé très bas et très large, presque un lit, recouvert d'une tapisserie. Tout autour de la pièce, de petites fenêtres donnent sur les toits. Et il y a aussi des bouquets de pinceaux, un morceau d'arbre, une bonne odeur, une natte

24

où est posé un saladier de bois plein de fruits et de légumes mêlés.

Et partout, le long des murs, sur les deux chevalets, sur la table à dessin, la mer! Pas celle que je retrouve l'été et ai appris à ne plus craindre; pas l'infinie qui se balance au bout des plages dorées; mais sous un ciel chargé, épais, entre un chaos de pierres prises d'assaut par les ronces, une mer en guerre d'où jaillissent comme de vieilles blessures des morceaux de rochers. Un flot qui jette sur la grève, entre les nappes de goémon, des poitrails blanchis de bateaux, un flot hostile et fort qui me menace.

Je regarde et je comprends pourquoi je ne voulais pas venir.

Une main se pose sur mon épaule.

« Vous êtes chez moi, dit Pierre. Une île, en Bretagne! »

CHAPITRE IV

UN MASQUE DE PETITE FILLE

« Tu comprends, dit Cécile, elle fait chmir, quart de bœuf[1] ! Parce que je parle des pays anglo-saxophones, une petite faute de vocabulaire, elle me colle un deux alors que pour le reste, la pampa, le bouclier canadien, le semi-tropical et le rail, j'avais bon.

— Anglo-saxophone, s'esclaffe Bernadette. Et après ça Charles dira qu'elle n'est pas musicienne, cette petite ! Et Nicolas ?

— Premier, dit brièvement Cécile. Génial. Tout bon. Pourtant, il apprend jamais rien.

— Je serais toi, je lui demanderais la recette. »

La poison mijote dans la baignoire avec son soutien-gorge de poupée, son slip et ses chaussettes, lessivant le tout d'un même coup. Bernadette s'étrille sous la douche. Un peu de sciure disparaît avec l'eau.

« Tiens ! Voilà Paul, fait-elle en me voyant passer dans l'entrée. Comment va ?

— Bien ! Je réserve la salle de bain après !

— Adjugé. »

Claire apparaît dans le couloir, le sourcil froncé.

---

1. Son professeur d'histoire et géographie.

« Ça ne vous ferait rien de fermer la porte? Il y a plein de buée sur ma glace. »

Je ferme et monte à mon grenier. Sans allumer, je pose mon cartable, retire mes chaussures et vais à la fenêtre. Je m'agenouille car elle est très près du plancher. Je m'agenouille devant le jardin et, dans le soir qui tombe, je le lis.

Il a plu. C'est peut-être cette langueur, mais j'ai l'impression d'un abandon; un peu d'un départ! Les arbres se rendent; ce sont leurs dernières feuilles qui tombent. Plus de fleurs. Un bassin houssé de mousse.

Un pas résonne sur le chemin, plus loin. Qui es-tu? On ne l'entend pas si clair en été. On ne l'entend pas comme dans une maison vide. Je ferme les yeux et m'emplis de ce pas inconnu, de ces odeurs mouillées. Le calme m'enveloppe. Je me retrouve. Qu'est-ce qui m'est arrivé?

Nous étions assises sur le canapé, Béa et moi. L'oncle à nos pieds. Nous mangions sa salade exotique. Béa surtout. Le regard de Pierre me gênait. Il était comme sa poignée de main, vous tirant à lui, agressif. J'avais à peine ouvert la bouche. Je n'avais pas faim. Je ne me sentais pas bien. Pas à ma place. Comment dire? Et tout à coup :

« De quoi avez-vous peur? »

C'était bien à moi qu'il s'adressait. D'ailleurs, il tutoie Béa.

« Je n'ai pas peur.

— Vous avez l'air. »

Je n'ai pas répondu. Si ça lui plaisait... D'ailleurs, bien fait pour moi; je n'avais qu'à ne pas venir.

Il a désigné ses tableaux.

« Vous ne les aimez pas! »

Il attendait ma réponse. C'était agréable! J'ai dit exactement ce que je ressentais : « Je n'aurais pas envie d'y aller. » Le vent battait trop fort contre ces maisons. Il ne devait pas passer de soleil par ces fenêtres. On voyait bien que les rochers coupaient les pieds. C'était forcément des histoires de naufrages que racontaient les vagues. Tout le monde n'est pas obligé d'aimer les tempêtes !

Il m'a regardée sans étonnement mais d'un air un peu ironique; à moins que ce ne soit cette ride au coin de la lèvre qui lui donne l'air de douter. J'ai mieux compris le malaise que j'éprouvais : comme un danger. Après tout, pour la peur, il n'avait peut-être pas tout à fait tort. Ici, je me sentais fragile. Comme si, par imprudence, je m'étais avancée jusqu'au bord de cette mer que je redoutais.

« J'ai connu, a dit Pierre, quelqu'un de très amoureux de la mer. Pourtant, on l'aurait tué plutôt que de l'y faire baigner. Sa répulsion était à la mesure de son amour. »

Il a sauté sur ses pieds et il a disparu dans la cuisine. Béa me regardait d'un air étonné.

« Ça n'a pas l'air de coller tellement, vous deux !

— Même pas du tout ! »

Il est revenu à ce moment et je suis sûre qu'il a entendu. Je n'aimais pas la bière; il m'apportait de l'eau. Quand même ! Ça ne l'a pas empêché, sitôt assis, de réattaquer.

« Pourquoi vous cachez-vous ? »

Je n'ai pas compris.

« Je me cache ?

— Sous cette jupe de petite fille, dans ce chandail sans forme, sous vos cheveux... »

J'en avais assez ! Je n'avais jamais cherché ni à me cacher, ni à me montrer. J'étais comme ça. Et lui ? Est-ce qu'il était mieux avec son déguisement de peintre, ses pieds nus et sa salade tahitienne en automne à Paris ? Et pourquoi avoir demandé à me voir si c'était pour me ridiculiser ?

Je me suis plongée dans une rondelle d'ananas. Ils ont changé de sujet. Un peu plus tard, quand Béa a suivi son oncle dans la cuisine pour l'aider à faire son café turc où ils se proposaient de déchiffrer l'avenir, non merci, je me suis glissée jusqu'à la porte et j'ai filé.

Mais j'ai oublié mon écharpe !

« La salle de bain est libre ! »

C'est la voix de Bernadette. Je me relève après un dernier regard aux arbres. Je suis lourde de ce paysage qui m'appartient. Quoi qu'il arrive, j'ai ma place là. Mon jardin ne bouge pas.

Cécile m'a généreusement laissé l'eau de son bain après y avoir versé un litre de produit moussant pour m'en épargner la couleur. Ce soir, je me mettrai en robe de chambre pour dîner.

Il est sept heures. Tiède, légère, je me glisse dans le salon. Maman est là. A sa place près de la cheminée. Son panier à couture à portée de la main. Les reprises, les ourlets, les coudes ou les genoux de cuir, c'est pour le soir, près du feu. C'est pour nous. On ne parle jamais si bien qu'avec quelqu'un qui coud.

Je regarde sa nuque penchée, ses cheveux châtains retenus par une grosse barrette. Comme ça, de dos, elle a vraiment l'air jeune. On l'a déjà prise pour la sœur de Claire : et pour la fille de papa, ce qui a été moins bien pris par l'intéressé !

Qui est maman ? Au bord de cette question, généralement, je m'arrête. C'est quelqu'un qui est là, qui aime être là, pour nous. Voilà tout ! Sans nous ? Je n'aime pas du tout y penser.

Ce soir, j'ai envie d'aller plus loin. Alors, il faut remonter en Bourgogne, aux vacances, à la vieille dame aux cheveux blancs qui nous reçoit chaque mois de juillet au milieu d'oncles, tantes et cousins aux visages joyeux et aux *r* roulés.

C'est là-bas que maman est née, qu'elle a grandi, qu'elle est progressivement devenue celle dont nous vivons tous, vive et douce, et drôle parfois. Tous ses frères et sœurs sont restés dans la région. Maman s'est exilée pour suivre mon père à Paris. Femme à la maison. « Une sorte d'esclave », résume Claire pour qui le mariage avec son cortège de charges et de responsabilités est la pire des calamités.

Mais maman est aussi cette personne mystérieuse qui, dans un coin de la maison pompeusement appelé par elle son « atelier », confectionne avec tout et rien — ce qu'on trouve au hasard d'une journée : bouts de tissu, éclats de fer, parcelles de photos, n'importe — d'étranges et beaux tableaux comme des morceaux d'histoires.

Je me glisse jusqu'à ma place : un petit tabouret recouvert de tapisserie dans l'angle droit de la cheminée. Pourvu qu'elle ne dise rien avant que je sois installée.

Les genoux dans mes bras; le menton au creux des genoux; c'est fait !

« Alors ? dit maman.

— Rien de particulier !

— Tu as laissé la grille ouverte pour ton père ? »

Je dis oui. La grille ouverte, c'est pour qu'il se sente accueilli. C'est quand même lui qui referme.

Le silence revient, doux, gonflé de pensées. Je tisonne un peu et alors une odeur monte. C'est un morceau de pin qu'on brûle. Une victime de l'hiver dernier. Le gel avait brûlé ses branches et ses aiguilles tombaient en pluie dès qu'on le touchait. Il sent bon quand même.

« Est-ce que tu as l'impression que j'ai peur ? »

L'aiguille reste en suspens.

« Peur ? De quoi ? »

Je m'efforce de prononcer négligemment le grand mot.

« La vie ! »

Maman ne sourit pas.

« On en a tous forcément un peu peur, tu sais. Le tout est d'avancer quand même ! »

Avancer ! Un mot de maman.

« Et est-ce que tu trouves que je me cache... physiquement ? »

Maman regarde mon visage, la vieille robe de chambre qui me comprime. Ça tombe bien que je l'ai mise ce soir : c'est un peu ce que je voulais dire.

« Il me semble, répond-elle, que sans te cacher spécialement, tu n'as pas encore beaucoup pensé à ton corps. Mais tu viens d'avoir dix-sept ans. Il faut laisser les choses venir. »

L'aiguille crisse sur le dé. Les enfants ont du mal à enfiler le fil dans l'aiguille. Je me rappelle... Les aiguillées de paresseuse et tout. Elle ne m'a pas demandé pourquoi toutes ces questions. Elle a recommencé à coudre comme si ça n'avait pas d'importance. Et ça n'a plus d'importance. Comment ai-je pu me sentir si perdue ?

J'empoigne les pincettes. Ce morceau de branche, c'est Pierre. Ce sont les deux heures passées dans son atelier. Je le pousse dans le feu. Brûle ! Je le brûle avec sa salade tahitienne. Toute sa mer ne pourrait empêcher son souvenir d'être cendre dans quelques minutes. Il ne reste qu'un détail !

« J'ai perdu mon cache-nez !

— De toute façon, dit maman, il était vieux. Je t'en tricoterai un autre pour Noël. Quelle couleur te plairait ? »

Dans un petit effondrement, la branche-Pierre achève de se consumer.

Plus tard, maman regarde l'heure.

« Peux-tu aller allumer sous le potage ? »

Feu doux, oseille. On rajoute dans l'assiette une cuillerée de crème fraîche et des croûtons sautés au beurre. Papa tient au potage chaque soir. Les reins !

Justement, j'entends le gravier crisser sous les pneus de sa voiture. Il va d'abord monter se mettre à l'aise dans sa chambre : pantalon de velours et chères chaussures percées.

« Tu n'as rien remarqué pour Claire ? » demande maman quand je reviens.

A mon tour de la regarder, étonnée. Claire ?

« Elle est de plus en plus absente ! Comment te dire ?
Elle ne participe vraiment à rien. Il faudrait lui rappeler qu'on est là.

— Quand on lui parle, elle ne répond pas : ou c'est
pour dire des choses désagréables.

— Il faut insister, dit maman. Il faut forcer la porte
du silence. »

Je me souviens de l'ultimatum de papa : Claire se
met à un travail quelconque, ou l'année prochaine c'est
l'école de secrétariat.

« Elle ne veut pas être dactylo.

— Il faut pourtant qu'elle soit quelque chose !

— Elle dit qu'elle est bien comme ça ! »

Maman regarde le feu, les mains sur son ouvrage.

« Tu vois, je n'en suis pas si sûre ! Imagine qu'on
construise une maison ; celui qui y aura mis sa pierre
sera plus heureux que celui qui se sera assis pour la
regarder construire. On a tous quelque chose à bâtir. »

Il y a du bruit dans la maison, des portes qui cla-
quent. Les sabots de Cécile font frémir l'escalier. La
porte s'ouvre à toute volée.

« Voilà papa, dit-elle. Il n'a pas l'air de bon poil !
Inutile de lui parler de ma compo ! Maman, pourquoi
un héros prend un s ? On ne dit pas une hérosine que je
sache ! C'est con, le français ! Claire est chmirante. Elle
n'arrête pas de prétendre que je lui pique ses stylos
alors qu'elle les cache sous ses culottes, c'est pas
croyable ! J'en ai marre de cette baraque ! Est-ce qu'on a
des crêpes pour dîner ? »

CHAPITRE V

HEURTE-BISE

Une haute barrière. Manège de Heurte-Bise ! C'est inscrit en lettres grenat à demi effacées sur une plaquette de bois qui se balance au vent comme dans les westerns.

J'entends la voix de Bernadette dès que j'arrête le moteur de ma mob. « Allons... souples ces reins... et redresse-moi ces épaules... » Une voix à la fois claire et ferme que soulignent de brefs claquements de fouet.

Je range mon véhicule à côté de celui de ma sœur. Entre les rainures des pavés serpente un filet d'eau brune. L'odeur est tiède comme le souffle des chevaux dont les bonnes têtes m'observent par les ouvertures des stalles.

« Ne pas avoir peur des odeurs, recommande Bernadette. Les accepter. S'en emplir. » Elle se méfie des Parisiens qui viennent ici en se bouchant le nez.

Le jour baisse. On distingue mal le détail des champs. Il est six heures. Lycée, métro, train, mob, manège. A peine un kilomètre de détour. Cela vaut de venir voir travailler Bernard !

Stéphane est là ! J'ai aperçu sa voiture garée dans le chemin. Une Triumph. Venu un dimanche accompagner une cousine, il s'est retrouvé sur Vengeur. Il n'était jamais monté. Vu l'état de son costume après la

33

reprise, Bernadette a parié qu'on ne le reverrait plus. Erreur. Trois jours plus tard, il revenait, dans une tenue flambant neuve à pleurer de rire, paraît-il. Depuis, chaque vendredi à cinq heures, il est là pour sa leçon.

En passant près des chevaux, je me souviens de ce que Bernadette m'a enseigné. Oreilles dressées : inquiétude. Pointées en avant : gaieté. Couchées en arrière : gare! On pourrait mordre! Indifférent à ces considérations savantes, les oreilles molles, le bon vieux Germain mâchonne. Sa robe cuivrée est impeccable mais je le trouve grossi. A vingt ans, il savoure une semi-retraite. Il ne fait plus que quelques promenades; on lui confie les enfants et les femmes.

C'est par le regard qu'il a conquis Bernadette. Il l'a « appelée », dit-elle, comme certains religieux disent de Dieu. Elle y a répondu en cachant dans sa mangeoire, à la consternation horrifiée de papa, un corsage porté huit jours en plein été afin de l'imprégner de son odeur. C'est ainsi que l'innocent Germain s'est trouvé lié corps et âme.

Une petite caresse sur sa croupe et je passe dans la salle de travail. Immense, rectangulaire, flanquée aux angles de miroirs géants. Au centre, carrée sur ses jambes, ma sœur. Jeans, bottes, vieux chandail paternel. Là-haut, sur Tempête, Stéphane : long, blond, fin, regard très clair, bombe et pantalons noirs, chemise blanche, cravate.

« Moins serrées, ces rênes... Tu veux l'étouffer, ton cheval? Et jusqu'à nouvel ordre, ce n'est pas dans un fauteuil présidentiel mais sur une selle que tu es assis! »

Stéphane rectifie la position. L'œil de Bernadette ne le quitte pas. Avec aucun autre, elle n'est aussi exigeante. J'ai envie de rire. C'est d'admiration. Je trouve ma sœur superbe. Ici, elle est Bernadette tout entière. Plus besoin de personne.

Le fouet claque sur le sol. Vole la sciure. « Au trot! » Cravate sur l'épaule, lèvres serrées d'application, Stéphane se soulève en cadence. Je ne dirai pas qu'il a l'air heureux. Je le verrais bien mieux en compagnie de Claire discutant poésie en buvant du thé au jasmin.

« Repos ! »

Bernadette se tourne vers moi.

« Tu montes, Paul ? »

C'est une plaisanterie entre nous. Elle sait bien que ce sera non ! J'ai peur, là-haut.

Plus tard, après avoir abreuvé, bouchonné et nourri Tempête, Stéphane vient prendre congé et payer sa leçon. Bernadette compte soigneusement les billets avant de les ranger dans un tiroir.

« Vous ne voulez vraiment pas venir à la reprise de samedi ? Vous ne serez que six et ça vous coûterait moins cher !

— Je ne me sens pas encore prêt pour les reprises en groupe, dit Stéphane. Si vous êtes d'accord. »

Une fois descendu de cheval, leurs rapports se transforment. Bernadette le vouvoie.

Il a eu chaud ! Des perles de sueur mouillent son front. Dans la petite pièce obscure aux murs tapissés de selles, sa blondeur éclate. Il est beau. Ce qu'on appelle, je suppose, « racé » ; une sorte de transparence, une légèreté.

En serrant la main de Bernadette, il lui propose de dîner un soir avec lui dans les environs. Il ne la ramènera pas tard. A mon grand étonnement, elle accepte.

« La semaine prochaine ! Pendant que je me changerai, vous viendrez prendre un verre à la maison. Maman ne me laisse pas sortir sans connaître. »

Nous regardons la jolie voiture partir. Bernadette a l'air songeur.

« Je ne suis pas sûre qu'il aime monter, dit-elle, mais les chevaux l'aiment, c'est le principal ! »

Avant de quitter le manège, nous allons saluer Germain.

« Tu ne sais pas la meilleure ? Crève-cœur le trouve trop vieux ! »

En fin de phrase, sa voix a lâché. Mon cœur se serre. Germain a mis son naseau dans la main de Bernadette qui regarde ailleurs.

Crève-cœur est le nouveau maître du manège. Ancien militaire, cheveux ras, grande gueule, œil vide, il a pris la place de la femme qui le dirigeait et qui, elle, s'est retirée dans le Midi. Tout le monde en a eu le cœur retourné. D'où le surnom ! Sans Germain, Bernadette aurait cherché ailleurs.

Je hasarde, la voix la plus neutre possible.

« Et qu'est-ce qui se passe quand un cheval est trop vieux ?

— Le boucher ou le champ », répond brièvement Bernadette.

Et elle ajoute : « Le champ coûte cher et il faut le trouver. Le boucher paie. »

Je n'ose rien dire de plus. Avec un amour rageur, Bernadette étrille, bouchonne, époussette ce pauvre Germain déjà brillant comme un sou. Si elle continue, il ne lui restera plus un poil. Un coup d'éponge aux yeux, aux naseaux et, enfin, une dernière caresse appliquée au « bas du dos », comme dirait grand-mère. On y va.

« En plus, ça marche moyen ces temps ! Il y a quelques années les gens se sont toqués de cheval. Ils fatiguent déjà. Il leur faudrait un ascenseur pour monter. Et comme Crève-cœur le leur envoie pas dire, ça n'arrange pas les choses. »

Nous retrouvons nos mobylettes. Le boucher ou le champ. Le boucher ou le champ. L'odeur de paille chaude me rappelle maintenant les terribles histoires racontées sur l'abattage des chevaux, les uns devant les autres. Bernadette m'a montré, sur une photo, le regard horrifié d'un cheval voyant assassiner son compagnon. Il savait !

« Enfin, dit Bernadette en faisant partir son moteur. Espérons que je me fais des idées. »

J'aime rentrer à la maison, à petite vitesse, à côté de

ma sœur. C'est surtout pour ce moment que je suis venue la chercher. Et aussi pour parler de Claire. Comment rompre, comme dit maman, le mur de son silence?

Nous prenons le raccourci à travers champs. C'est boueux et ça dérape. Passé les choux et les betteraves, ce sera le bois aux champignons, puis la descente sur Mareuil, puis *La Marette.* Avec un peu de chance, l'horloge de la mairie sonnera sept heures quand nous passerons.

Le vent dans la figure, Bernadette crie.

« Je sais pourquoi papa fait la gueule!

— Pourquoi?

— Jean-Marc! »

Jean-Marc? C'est lui qui a exécuté tous les travaux de plomberie à la maison. Très jeune, très gai, marié à Marie-Agnès, grand amour de Cécile qui fait tout pour le séduire; qu'est-ce que Jean-Marc a à voir avec la mauvaise humeur de papa, sa colère ce matin quand il s'est aperçu que Claire avait vidé sa bombe au menthol pour se raser les jambes. « Je veux, tu m'entends, j'exige, ce soir, une bombe neuve... » « Et on parle de non-violence », a soupiré Cécile.

« Qu'est-ce qu'il a, Jean-Marc? »

Elle ne répond pas tout de suite. Voilà le petit bois. Il chuchote en s'égouttant. Ça sent dimanche matin : la chasse aux champignons.

Je ne comprends pas le geste que fait Bernadette comme si elle se tranchait le cou.

« Foutu!

— Qu'est-ce que tu dis?

— Cancer. »

Instinctivement j'ai freiné, ce qui a failli me mettre dans le bas-côté.

« Mais il a vingt-cinq ans! »

J'ai crié. Peut-être parce que Bernadette a maintenant dix bons mètres d'avance; peut-être parce que j'ai vu apparaître entre les fougères trempées le visage malicieux de Jean-Marc. Il a des cheveux longs qu'il attache avec un élastique quand il travaille. Papa le blague en disant qu'il bouche les lavabos au fur et à mesure qu'il les débouche.

« Ça n'a jamais empêché personne de crever ! »

Je m'arrête cette fois tout à fait. Crever ! Le cancer. Mes jambes d'un coup sont devenues molles. Le petit bois ne sent plus que la terre mouillée qu'on jette sur les cercueils. La nuit s'y avance comme une bête sauvage. C'est plein de feuilles en bouillie, de papiers putréfiés, de plastique imputréfiable. Mais dans six mois le printemps revient ! Mais la femme de Jean-Marc attend un enfant. Maman a commencé de tricoter de minuscules chaussons...

Les larmes me montent aux yeux. Bernadette fait un grand cercle et me rejoint. Elle ne dit rien.

« Tu es sûre ?

— Sa mère me l'a dit. Elle chialait à la boulangerie. »

Et tout à coup je me souviens qu'en effet le dernier lavabo bouché, irrécupérable à la ventouse, Jean-Marc n'est pas venu et que Claire a râlé. Pour une fois, maman l'a remise à sa place. C'est Bernadette qui a dévissé le siphon et recueilli la pelote de cheveux. Après étude, il s'agissait de ceux de la princesse. Cécile les lui a envoyés par la poste dans un paquet cadeau, ce qui a provoqué une scène.

« Pourquoi papa ne nous a-t-il rien dit ? »

Bernadette hausse les épaules.

« A cause de Cécile ! Elle adore Jean-Marc. Elle risque de faire des gaffes. »

C'est son maître à siffler : le rossignol, le merle, l'ouvrier plombier, bien entendu; mais aussi le chômeur, le Mexicain basané. Pour siffler en Mexicain basané, il n'y a que lui ! Foutu... J'ai vu mon grand-père mort. Mais on s'y attendait depuis des années. Tout le monde s'émerveillait à chaque anniversaire : « Il est encore là ! » On l'admirait comme un lanceur de poids qui a gagné trois centimètres. Et il était prêt à partir, blanc des pieds à la tête, la chair fuyant les os, dormant la moitié du temps, affaires réglées. Quand c'est arrivé, on a eu l'impression qu'il changeait seulement de maison. En plus, il croyait au Paradis et se réjouissait d'y retrouver je ne sais plus quelle tante, noyée à quinze ans, qu'il avait idéalisée. On a joué à son enterrement, sur sa demande, un morceau gai; et plus c'était gai, plus tout le monde sanglotait parce que c'était si beau et tellement lui d'avoir demandé un morceau gai !

Mais pas Jean-Marc !

« Il siffle trop bien. »

Bernadette acquiesce.

« C'est vrai. Jamais entendu quelqu'un siffler comme ça.

— Qu'est-ce qu'elle a dit d'autre, sa mère ?

— On a commencé les rayons. »

Je réenfourche ma mob. Maintenant, j'y crois. Je connais la mine de papa quand il parle des rayons... Neuf fois sur dix, c'est la fin. Ça brûle. Ça ne fait que retarder. Bernadette pose la main sur mon épaule.

« On rentre. Ça ne sert à rien d'attraper la crève. »

C'est vrai ! La crève. Ça suffit d'un. Rentrons. Mais c'était vraiment merveilleux, tout à l'heure, quand Bernadette disait à Stéphane qu'il était sur une selle de cheval et pas dans un fauteuil présidentiel. Merveilleux quand je ne savais pas. J'accélère. Je veux rentrer. Et lui, est-ce qu'il sait ? Sent-il déjà le froid ? Quand il embrasse Marie-Agnès, se dit-il : « Encore combien de fois » ? Tiendra-t-il jusqu'à la naissance de son gosse ? En principe, c'est Cécile la marraine. Il faudrait lui dire pour Jean-Marc. Pour qu'elle apprenne vite à siffler tout le répertoire afin de transmettre au gamin.

Mareuil. Nous ne parlerons pas de Claire. Après tout, ses murs, c'est elle qui les a dressés ! Et elle y vit. Jean-Marc n'a pas choisi ce truc dégueulasse qui le ronge. Je suis sûre qu'il n'y pensait même pas.

Voici la boulangerie où la mère de Jean-Marc pleurait; les boules de campagne cuites au feu de bois maison qui arrivent par camion trois fois par semaine depuis que le patron a filé avec l'employée. Voilà l'église et, en face, la mairie. L'horloge sonne le premier coup de sept heures. C'est grâce à Jean-Marc qu'on l'entend. Si on ne s'était pas arrêtées pour parler de lui, somme toute, s'il n'avait pas eu un cancer, on serait passées trop tôt et on l'aurait manquée. Je n'ai pas dit que si j'aimais tant entendre les heures sonner, c'était parce qu'elles parlent d'éternité.

CHAPITRE VI

PIERRE PARCE QUE

C'est à cause de Jean-Marc, de Germain, de Claire. C'est à cause de la nuit qui, dès cinq heures maintenant, se glisse partout, envahit tout et ça ne fera qu'empirer! A cause de la procession nue des arbres du Luxembourg où plus rien ne chante ni ne bruit, sur les troncs desquels la main ne recueille plus qu'une sueur glacée. A cause de Béa absente depuis une semaine du lycée comme pour me punir de ma fuite lors du fameux déjeuner, à cause de tout cela que j'ai dit oui!

Quand je suis sortie du lycée, à quatre heures, il était là, sur le trottoir d'en face, et d'abord je ne l'ai pas reconnu. Sans sa blouse de Pierrot, avec son blouson de cuir, ses chaussures comme tout le monde, ses cheveux bien coiffés, il n'était plus qu'un type assez comme il faut, un peu vieux pour ses habits, comme on en voit des quantités au quartier. L'air « étudiant prolongé », aurait remarqué papa.

Avant que je le reconnaisse tout à fait, quelque chose a attiré mon regard. Cette écharpe autour de son cou, c'était la mienne!

Il traverse droit sur moi, s'empare de ma main et me dit que je suis la cinquantième fille qui sort du bahut; qu'il avait résolu d'aller jusqu'à la deux cent dixième et me remercie de lui avoir évité cent soixante déceptions de plus.

Le flot des élèves coule autour de nous. On est bousculés de toutes parts. Je perds un de mes gants; il le ramasse et je vois que ses cheveux se clairsèment au sommet. Quand il se redresse, il a une mèche dans l'œil. Et voilà qu'il me dit « pardon »! « Pardon pour l'autre jour. » Je fais quelques pas avec lui pour me sortir des autres. J'ai vu des camarades se retourner. Il dit qu'il est venu me rapporter mon écharpe : je vais en avoir besoin; on prévoit un hiver glacial : les oignons ont plusieurs épaisseurs de peau; je devrais savoir ça, moi, la campagnarde! Et puis non! Ce n'est pas vrai, ni pour l'écharpe, ni pour les oignons; il s'est rendu compte qu'il avait été odieux avec moi; il n'a jamais supporté de donner une mauvaise impression de lui, c'est ainsi, il faut qu'on l'aime. Bref, il est venu par orgueil!

« Si on allait boire le verre de la paix? »

Et c'est alors qu'au lieu de me retirer dignement après avoir remercié pour mon écharpe, je m'entends dire « oui »! Sans en avoir vraiment envie. Par faiblesse. Par lassitude de je ne sais quoi; comme le jardin avec l'hiver, qui, d'un seul coup, lâche.

Et sans me laisser le temps de me raviser, conservant mon écharpe, il s'empare de mon cartable que je n'avais pas encore attaché à mon dos et m'entraîne.

Nous descendons la rue Monsieur-le-Prince, la rue chinoise, dit-il. Devant la porte d'un restaurant il y a, sur un plastique, un petit monticule de soja. Ça sent le beignet aux crevettes mais c'est peut-être le souvenir. On est venu dîner ici un soir, en famille. Nous arrivons à Odéon qui, à cette heure, est comme un bateau ivre. Pierre s'enfonce dans les petites rues qui mènent à la Seine. Je reconnais le chemin. Si c'est chez lui qu'on va, il ne m'aura pas, cette fois! Je ne monte pas. Ou plutôt, je monte, mais quand il cherchera sa clef, je récupère par surprise mes biens et dégringole les escaliers. Adieu!

42

Je suis de plus en plus inquiète, quand soudain il ouvre la porte d'un café et s'efface pour me laisser passer. Une bouffée de chaleur et de voix me happe. C'est plein. Nous longeons le bar et débarquons dans une seconde salle plus grande qu'emplit la fumée. Là, Pierre prend mon duffle-coat et parvient à l'accrocher ainsi que son blouson au sommet d'une grappe importante de vêtements. Pas certain qu'on les récupérera !

Maintenant, je le suis vers le fond de la salle, franchissant une barrière de plantes vertes.

Les tables sont mises bout à bout et pour gagner les deux places libres il faut faire lever tout un rang qui d'ailleurs ne cesse pas pour autant de discuter. Les gens ont l'air d'avoir le temps. Ils semblent installés là à vie.

« La meilleure heure, ici, dit Pierre en s'asseyant sur la chaise de bois, c'est le petit déjeuner. Vous verrez ! »

Je verrai ?

Le garçon s'approche. Gilet noir, tablier jusqu'aux pieds, nœud savant presque aussi beau que le nœud des bouchers. On a l'impression qu'il va se mettre à chanter. C'est peut-être sa moustache cirée.

Pierre commande un grog et moi un Coca. Puis, quand le garçon a tourné le dos, il se penche vers moi et dit :

« Bonjour ! »

Ça recommence ! Je me sens rougir. Est-ce qu'on dit « bonjour » à quelqu'un à côté de qui on vient de marcher pendant un quart d'heure ? C'est vrai que nous n'avons pas beaucoup parlé ! Pendant tout le trajet, je préparais ma fuite.

Un sourire calme aux lèvres, un sourire qui me paraît ironique mais c'est la ride, il attend la réponse classique. Et je m'entends dire « bonjour » moi aussi, mais d'une voix qui sonne faux évidemment ! Les gens doivent nous trouver idiots. S'il me dit comme l'autre jour que j'ai peur, je m'en vais. Son regard quitte mon visage, m'enveloppe tout entière, revient.

« Ce que je voulais vous expliquer, dit-il, c'est que pour moi, la famille ça a toujours été le piège. Ou, si vous préférez, j'ai toujours voulu la considérer comme telle. Mes parents avaient fichu le camp en me laissant à un horrible oncle vieux garçon. Pour cacher la jalousie que j'éprouvais à leur égard, je passais l'essentiel de mon temps à en faire baver les copains. Il y en avait bien un comme moi, mais ses parents étaient morts dans un accident d'avion et il en tirait un prestige fou. Je suis loin d'être un gamin mais le mot « famille » continue à déclencher une sonnette d'alarme en moi. J'ai beau analyser très bien tout ça, la sonnette fonctionne quand même. Elle a fonctionné l'autre jour dès que je vous ai vue entrer. »

Je ne sais pas quoi répondre. Il ne m'attaque pas directement cette fois; il s'excuse même. Mais il me parle comme si nous étions de vieilles connaissances et qu'il attendait de ma part une remarque intelligente. Or, je ne trouve rien à dire. C'est trop tard pour le consoler. A la rigueur, je pourrais lui faire remarquer que c'est parce qu'il en a bavé qu'il a choisi de peindre ses paysages désolés mais ce serait horriblement banal. Heureusement, le garçon me sauve en arrivant avec les consommations. Pour passer les verres au-dessus des têtes sans les arroser, il a des gestes de jongleur. Pierre aspire tout de suite une gorgée de son grog avec un grognement de plaisir. J'ai remarqué quelque chose! Il profite de tout, tout ce qui se touche, intensément. Sa façon de vous serrer la main pour vous dire bonjour, par exemple. Et tout à l'heure, sur le boulevard, il levait son visage pour prendre le vent en plein. L'habitude de sa Bretagne, sans doute! Ça ne se refuse pas, le vent. Comme les odeurs pour Bernadette.

Je plonge dans mon Coca-Cola! Il continue son histoire. Pas de parents, donc, ou jamais là! Une sorte de Béa masculin. C'est de famille, décidément, les familles défaites! Les abandons d'enfants. « La pension, dit-il, et l'été, les homes à la montagne ou à la mer »...

et lui commençant à peindre, furieusement, tout !

Il a les yeux bleus avec, au fond, un peu de nénuphar. J'y regarde danser quelque chose qui à la fois interroge et se révolte. Si je disais à ce monsieur que son regard est naïf, je suppose qu'il me rirait au nez. Et pourtant, monsieur l'Oncle de Béatrice, il est resté, votre regard, celui du gamin qui s'étonnait de n'être pas comme les autres : avec une mère qui vous attend, un père qui ordonne, des déjeuners du dimanche.

Et, en finale :

« Voilà ! Béa n'arrêtait pas de parler de vous; j'ai eu envie de vous connaître. Et dès que je vous ai vue, vous et votre air bien sage, votre cache-nez et vos gants tricotés main, j'ai pensé aux petits copains qui me narguaient du haut de leurs familles, la sonnette d'alarme a retenti et, à ma façon, je vous ai cassé la figure. »

J'ai à la fois envie de rire et de m'indigner.

« Pour les gants et le cache-nez, c'est à cause de ma mobylette ! Quatre kilomètres de campagne entre le R.E.R. et la maison, je vous prie de croire qu'en ce moment ce n'est pas la fête.

— Surtout avec un courant d'air », remarque-t-il très sérieusement.

Et il pose le doigt sur le trou à l'index de mon gant. Je me rebiffe.

« C'est l'accélérateur ! »

Un sourire dans son regard. Ses yeux me gênent. Je fixe la table. Elle est comme sculptée : des trous de cigarette, des dessins, des coups de canif. Une carte de loisir d'étudiant. Sur le mur, à l'endroit où on lève les yeux pour rêver, il y a deux tableaux : une cathédrale et une forêt. Je me demande si c'est exprès. Tout l'autre panneau du mur est fait de carreaux décorés.

Pierre allume une cigarette. Cela fait trois. Il n'en fume heureusement qu'une moitié. Des maïs, comme papa avant la pipe.

A côté de moi, ses cheveux touchant ceux d'un garçon penché sur un livre, une étudiante trempe une plume dans un encrier marqué bleu outremer et trace de belles lettres sur un cahier à carreaux.

Le garçon passe.

« Deux autres ! » commande l'oncle en désignant nos verres déjà vides, et je me souviens de ce que maman m'a cent fois recommandé : ne pas se jeter sur la boisson ou la nourriture comme si on jeûnait depuis six mois.

Quand le nouveau Coca est là, Pierre y laisse tomber la rondelle de citron de son grog en disant que ça ne lui fera pas de mal. Je prends la résolution de boire très lentement. Je me souviens de ce que m'a raconté Béa. Comment savoir s'il est en période de fortune ou de pauvreté ? Il faudra que j'insiste pour payer mes Cocas et je ne suis pas sûre d'avoir assez.

« Racontez où vous mène votre mobylette », demande-t-il.

Le menton sur le poing, il attend, et j'ai l'impression que cette fois je n'échapperai pas.

« A la maison.

— Alors racontez la maison. »

Ça démarre doucement. Oh ! vous savez, la maison... Son regard m'encourage. Il me semble qu'il s'intéresse vraiment. Mieux que Béa. Je dis d'abord le jardin puisqu'on est bien obligé d'en traverser un bout pour arriver : la source secrète qui met deux jours à remplir le bassin d'une eau claire et glacée. Les pommiers bien rangés, le troène paresseux, les plantations tout ce qu'il y a de bizarre de mon père qui n'a jamais vraiment la patience. La maison ? Pas différente des autres ! Avec un escalier de pierre, une entrée très intime pleine de portemanteaux et de bottes rangées contre le mur. Avec cinq chambres, deux salles de bain, une cuisine, un salon où on fait du feu, un escalier qui craque, une rampe où on sent le passage d'autres mains et l'on se demande comment elles étaient, si elles aimaient elles aussi ce bois lisse ; un grenier où je suis chez moi. Sur la rampe de pierre, en haut de l'escalier d'entrée, j'ai oublié de dire qu'il y a, dans une fêlure, une plante étrange et délicate qui pousse de rien. On ne peut comprendre ce qui nourrit sa tige fine, ses feuilles légères. Il faut faire attention à ne pas mettre la main dessus. J'en arrive, je ne sais comment, à Germain. Pierre ne sourit pas quand je dis son âge et les problèmes qu'il nous pose. Enfant, il a aimé une jument qu'on a dû abattre parce qu'un salaud l'avait fait galoper sur des pieds trop fragiles. Et Cécile! Et Claire! Je ne peux plus m'arrêter. Pourtant, même imbibée de rhum, une rondelle de citron, ça ne doit pas être meurtrier! Bernadette dirait : « Ce vieux Paul perd les pédales! » Claire froncerait ses fins sourcils blonds : « On n'étale pas ainsi sa vie! » Mais je n'étale rien et ce que je dis c'est en toute lucidité. J'essaie de faire comprendre à Pierre qu'une famille c'est autre chose que des rideaux tirés à heure fixe, des tiens-toi droite à table, des soupières fumantes et des arbres de Noël. Et que ce n'est vraiment pas ma faute si j'ai trois sœurs que j'aime, une mère à la maison et un père tout content d'y rentrer chaque soir, même s'il dit qu'il a quatre boulets au pied et que ce n'est pas une vie pour un homme bien né.

Et, accompagnant d'un geste ample une considération particulièrement pertinente sur ce que les blasés ou les tordus racontent actuellement de la famille, la patrie et le reste, je balaie mon verre de Coca-Cola soigneusement économisé!

Pierre l'a rattrapé au vol mais l'encrier de ma voisine est rapidement transformé en île. Le cahier, par bonheur, a échappé au désastre. Pierre sort un mouchoir taché de peinture et commence à éponger. Le garçon achève d'un air habitué en disant que c'est drôle, ça sent l'essence de térébenthine, ce Coca. Je m'excuse auprès de tout le monde. J'en ai assez de moi. Jamais vu Claire casser quoi que ce soit! Bernadette non plus malgré ses gestes de garçon. Même Cécile est à peu près adroite. Moi, depuis toujours, je suis celle qui perd ses talons, troue ses poches, déchire ses corsages, se

47

casse la figure dans les moments graves, tousse au concert, rougit et gaffe. J'ai envie de me sauver.

« Vite, dit Pierre. Regardez ! »

Il a écarté le rideau et, dans la rue, je vois s'allumer les becs de gaz. Pourtant, il ne fait pas encore tout à fait nuit. Les lumières tremblent, incertaines, gratuites, comme dans une histoire qui commence.

« C'est pour vous, dit-il. Pour effacer cet air malheureux ! »

Et il me sourit de façon si joyeuse que soudain je me pardonne.

Plus tard, au moment de sortir du café, il me rend enfin mon cache-nez. Je fais machinalement les trois tours autour de mon cou.

« Toujours trois ?

— Sinon, ça se prend dans les pédales !

— Ah ! bien sûr, dit-il. J'aurais dû le savoir. »

La nuit est tout à fait tombée. Il y a la queue pour les pâtes fraîches de l'Italien. Pierre m'accompagne jusqu'au métro et là m'aide à mettre mon cartable sur le dos. Cécile rirait. Je prépare ma carte orange. Il me la vole. C'est une manie.

« Vous n'avez pas du tout changé, dit-il en me la rendant, peut-être un peu rajeuni ! »

J'ai dix ans sur la photo, des nattes, l'air constipé. Tout à coup, je me souviens, l'autre soir, quand j'ai brûlé cet homme dans la cheminée avec sa salade exotique. J'ai envie de rire. C'est bizarre, la vie !

« Vous savez... J'avais juré de ne pas vous revoir !

— Pour quoi croyez-vous que je suis venu vous chercher ? » dit-il gravement.

Et il ajoute : « Mais maintenant, c'est à votre tour. Attendre à la sortie des lycées, ça m'intimide. »

Je le revois, tout à l'heure, fonçant sur moi, pris dans le flot des élèves, plongeant à la recherche de mon gant, intimidé peut-être, c'est vrai ! Je ris.

Et en m'entendant rire, voilà qu'il part aussi. Le petit éventail de rides autour de ses yeux entre en danse. Un type plus très jeune en train de rire comme ça, ça a quelque chose de vulnérable. Un peu l'air de pleurer. Des gens nous regardent. On est mal placés; en haut des marches du métro, au milieu. Ils nous dépassent en bougonnant. Ils ont l'air pressés. Beaucoup sont chargés. C'est vrai que Noël approche! Je me fais la remarque que plus leurs paquets sont gros, plus leur mine est longue, comme si le poids de leurs achats tirait leur moral vers le sol. Je voudrais les aider mais ne sais que rire de plus belle.

Et je souris encore dans le métro qui me balance, dans le train qui fend la nuit, à cheval sur ma mob, le cache-nez sous les yeux.

Je n'ai pas fait ma physique pour demain. J'ai un goût de citron au rhum dans la bouche. Dans une petite rue du Quartier latin, ce soir, à cinq heures, des lumières se sont allumées pour moi.

Finalement, je ne connais pas vraiment Paris! Il me semble que je vais l'aimer.

CHAPITRE VII

LA MORT SOUS CLEF

La prochaine dissert' est sur le bonheur ! « Le bonheur est quelque chose de si vague que nous en sommes réduits à le rêver »...

D'abord, j'ai éprouvé un sentiment de révolte : « réduits à le rêver »... J'imaginais l'obscur comte de Belvèze qui avait déclaré ça — avec emphase sûrement — vieux, content de lui, dressant ce bilan négatif au-dessus d'un ventre rondelet et de bottines cirées. Pour lui dire non, il me semblait que je pourrais en mettre des pages. J'en étais pleine, moi, de bonheur. Je savais ! Pourtant, après les premières lignes, je m'arrête !

Le bonheur... Cette brusque et violente bouffée qui parfois me submerge presque douloureusement à la simple pensée que je vis ? Ou ce calme bien-être lorsque près de maman je regarde monter dans la cheminée du salon une flamme qui semble ne devoir s'arrêter jamais ? Ou encore, plus simplement, le fait pour moi si évident d'avoir lit, couvert et tendresse assurés ?

Mais pour les autres ? Ceux dont j'aperçois, dans la rue ou le métro, les visages las ? Ou pour ceux dont on parle dans les journaux, sous les mots « guerre », sous les mots « faim » ou « révolution », sous les mots « espoir », avant les points de suspension ou d'interrogation? Pour Jean-Marc? Pour Béa? Pour Pierre? Pour Claire aussi, oui, pour Claire, le mot « bonheur », que recouvre-t-il?

Je ne sais plus. Je me penche sur ce mot, il s'éloigne. J'ai voulu le toucher, il s'est envolé. Je m'en sens vide tout à coup. Ai-je le droit, moi qui ai « tout » comme dit si souvent maman, de déclarer qu'à mon avis, ce doit être quelque chose qui ne dépend pas tellement du feu ou de l'assiette remplie; peut-être même pas tellement de la liberté ou autres grands mots qu'on y accole à présent; quelque chose comme une perle qu'on porterait en soi, que personne n'y aurait mise, qu'on sécréterait soi-même, quoi qu'il arrive, par une sorte de chance?

Et le bonheur des enfants que la couleur d'un coquillage, la forme d'un morceau de bois ou d'un nuage, une caresse, peuvent faire exploser d'un seul coup?

Dans mon devoir, j'oserai dire que le bonheur, je ne sais pas. Mais réduits à le rêver, non! Là, je reste sur mes positions!

Il m'arrive, au lycée, d'avoir l'impression d'apprendre le contraire de vivre. D'apprendre à m'échapper. C'est cela! Echapper à moi. Je sais que tout sert et que de tout on peut tirer matière. Mais matière à quoi? A ne plus s'émerveiller? Je sens, autour de moi, la présence d'un merveilleux. Je n'ai pas, pour tout, envie de connaître le pourquoi, le dedans, le comment. Quand je marche sur un chemin de campagne, ou quand je m'arrête pour regarder quelqu'un accomplir des gestes simples, il me semble que si on savait regarder ce qui se trouve autour de soi, on n'aurait plus besoin de leçons, ni de lois pour marcher droit.

En tout cas, moi, le bachot passé, je laisse tout tomber. Je regarde et j'écris.

La Marette s'enfonce doucement dans l'hiver. A présent que sont ramassées les dernières noix, on n'a plus envie d'aller au fond du jardin, figé dans une humidité glacée. Papa a commandé du bois. Le camionneur en a laissé tomber un gros tas à côté de la grille et on a fait la chaîne pour ranger les bûches dans la cave. Ça a été un bon moment. Même la princesse daignait participer et, bien qu'elle eût récolté une écharde dans la paume, elle avait l'air content. Peut-être profitera-t-elle mieux du feu maintenant ?

Il fait froid en mobylette. J'ai hérité le duffle-coat de Bernadette à qui maman ouvre un crédit pour un anorak neuf. Le duffle-coat est encore bon mais sent terriblement l'écurie. Le teinturier a promis de lui faire un traitement spécial.

Ce soir, Cécile me guettait de sa fenêtre. Elle m'a entraînée dans sa chambre dont elle a refermé la porte à clef.

« J'ai trouvé une oronge ! »

Toute sa collection de champignons est exposée sur une grande serviette de bain. Elle l'a entreprise à l'insu des parents pour la bonne raison qu'elle ne choisit que les mortels. Armée de la brochure que le pharmacien met de côté chaque automne pour cette charmante enfant, elle fait tous les jours en rentrant de classe un tour par le petit bois. Les champignons sont mis ensuite à sécher dans toute la science de l'art afin qu'ils ne perdent, en se déshydratant, aucune de leurs propriétés.

Un sourire radieux aux lèvres, elle désigne l'oronge. Voici un an qu'elle cherchait cette pièce manquante à sa collection.

« Là ! »

Le champignon est plus blanc que le linge blanc. Je le considère avec répulsion tandis qu'elle me lit d'une voix triomphante sa description dans la brochure. Famille des amanites comme tous les vénéneux. Amanite printanière pour les profanes. Oronge ciguë blanche pour les connaisseurs, c'est-à-dire elle. J'ai souvent hésité à révéler à maman l'existence de cette collection. Cécile a dans son tiroir de quoi exterminer tous les environs.

« Elle a l'air si bonne, n'est-ce pas? chuchote-t-elle, attendrie.

— Si bonne! »

Parmi les phalloïdes visqueuses, les lactaires aux bords velus, l'amanite panthère qui ne sait pas plus cacher son jeu que la citrine ou la vireuse, l'oronge se dresse, fragile, légère, lisse, délicatement humectée. Sa volve mince lui fait un charmant bottillon. On dirait une première communiante.

« Sens-la! »

Je me penche pour lui faire plaisir. Rien!

« Oui, dit-elle, inodore. Mais ne t'y trompe pas. Une bouchée de cette petite et flac!

— Tu ne devrais pas!

— Et pourquoi? dit-elle avec défi.

— C'est dangereux. »

Elle ne daigne pas répondre. Sans hâte, elle toujours si pressée, avec soin, avec amour, elle range sa collection au fond du tiroir dont la clef ne la quitte jamais. Je regarde son visage. Il est grave. Ce n'est pas une plaisanterie. Elle sait qu'elle tient là la mort enfermée.

« Tu mettras la serviette dans la machine en redescendant », ordonne-t-elle.

Nous attendions tous le 1er décembre! Il est là! Et comme pour le souligner, il gèle. Moins cinq ce matin. Un oiseau mort en bas du perron, les pattes raidies, les ailes givrées. De la glace sur le bassin. Silence!

Le 1er décembre, nous dressons le sapin. Car nous souhaitons Noël à l'américaine. Décision adoptée il y a deux ans. Son avantage? N'être pas pris de court par le temps. On a tout loisir de voir arriver la fête; elle ne tombe pas sur vous, d'un coup, comme ces pays étrangers où l'on se rend en avion, se privant du temps de les désirer vraiment.

Dressé devant la grande fenêtre du salon, le sapin va attendre la bonne volonté de chacun. Au fil des jours, les branches s'alourdissent de décorations. Il y a de tout. Le mystère est qu'au bout c'est joli ! Comme ces anciens villages dont on a perdu le secret, dont chaque demeure s'harmonisait si bien avec les autres, toutes avec le clocher et, par-delà, avec la nature et le cœur des hommes. Un secret tout simple : un même but ! La joie peut-être ?

Les cadeaux aussi viennent quand ils veulent. Soudain, tiens, un paquet de plus au pied du sapin ! Pour qui ? On lit le nom sur l'étiquette. Ce sont les parents qui en reçoivent le plus. Et quand arrive le matin du 25 décembre, tout est là. On n'a pas, au dernier moment, à se cogner dans les magasins à des pères Noël exténués, sur le point de rendre leur barbe.

Hier, papa a rapporté le sapin, ligoté comme un prisonnier sur le toit de la voiture. On l'a vite planté dans le gros bac qu'on ressort chaque année à la même époque. Le sapin est encore plus grand que celui de l'an dernier. Il arrive presque au plafond. Pour l'instant, il n'a que son étoile. Bernadette le trouve plus beau comme ça. « Comme Paris sans voitures, dit-elle, on voit ses dimensions. »

Je raconte tout ça à Béa chez qui je suis venue déjeuner. Elle a un de ces sourires.

« Un sapin, ça te plaît vraiment ? »

Je fais un effort de lucidité.

« Je crois. En tout cas, si on n'en avait pas, ça me manquerait ! »

Et je me dis que j'ai peut-être là une des facettes du bonheur : en creux.

Béa, elle, part pour les sports d'hiver. Un bon hôtel dans une station réputée, un équipement neuf : voilà ses étrennes.

« Mes vieux se sont réconciliés devant le chèque qu'ils m'ont annoncé », dit-elle avec le sourire un peu condescendant qu'elle réserve à ses parents.

Elle part, m'explique-t-elle, avec la compagne de son oncle.

Nous sommes installées sur le grand canapé, nos pieds déchaussés sur la table chinoise, chacune pourvue d'un plateau bien garni : avocats, maïs, saucisses sèches; le réfrigérateur de Béa, c'est le Pérou.

« Et Pierre ?

— Il prépare une expo pour les Américains. Il a un boulot noir. Dans ces cas-là, il ne quitte plus son atelier. Il y mange. Il y dort. Alors j'enlève Brigitte et Angèle.

— Elle a quel âge ?

— Brigitte, trente-huit ! Angèle, douze. »

L'âge de Cécile.

Je recueille un peu de mayonnaise tomatée sur une branche de chou-fleur cru. Qu'est-ce que Béa entend exactement par le mot « compagne » ?

« Ils vivent ensemble depuis Angèle. Mais ils ne sont pas mariés.

— Pourquoi ? »

Elle me regarde avec commisération.

« Ils préfèrent rester libres. Tu ne trouves pas ça plus beau ? Ils se rechoisissent sans arrêt. Si ça ne colle plus, pas d'obligation de rester. »

C'est peut-être très beau mais je n'aimerais pas être Angèle. J'aurais peur.

Béa va mettre de la musique et revient ensuite près de moi munie d'une boîte de bière. On est vraiment bien. Soudain, je l'aime. A cause de ce que je ne lui ai pas dit : ce quelque chose qui n'appartient qu'à moi, ces deux heures passées avec Pierre.

Je revois son visage posé sur son poing, la lumière de ses yeux très clairs. « Alors, racontez »... Personne ne m'a jamais écoutée comme lui. Je grandissais quand je parlais. Et jamais peut-être je n'en ai tant dit en si peu de temps. Pourquoi? Il me semblait que je le lui devais. A l'étonnement de Béa, je lui vole une gorgée de bière. Ça remplacera la rondelle de citron au rhum! En moi, les lumières de la petite place s'allument doucement. Pierre n'est pas revenu me chercher et je ne suis pas allée à l'atelier, mais je le sens, quelque part; et qu'il ait une compagne et une fille ne me déplaît pas : au contraire!

« J'aimerais bien connaître Brigitte », dis-je.

Rien ne nous empêche d'être amies : elle et moi. Moi et Pierre!

CHAPITRE VIII

CLAIRE ET LA « DÉPASSION »

C'EST éteint dans le salon, c'est silencieux, c'est autrement : c'est mercredi : jour de maman.

La machine à laver le linge a tourné plusieurs fois lundi. Le grand marché a été fait mardi, le mercredi notre mère prend congé. La plupart du temps, elle va à Paris. Elle part tôt : quelques courses d'abord. Mais je la connais, les courses, c'est prétexte à flâner, à marcher droit devant elle, au gré des devantures, à éprouver la liberté.

Le déjeuner, là-bas, pour elle c'est une fête. Il lui arrive de le prendre avec des amies, Aliette par exemple, mais elle préfère seule. Installée dans une pizza — on y est à la fois entouré et tranquille —, elle savoure en regardant les autres. Je l'imagine l'air heureux, l'œil partout. On doit avoir envie de s'asseoir près d'elle : « Qu'est-ce qui vous fait sourire, madame ? » Elle dirait : « Tout ! » Les familles à qui il faut trois tables pour se déployer, le gilet rayé des garçons, les bouteilles paillées, l'accent italien, l'énorme glace dont elle n'arrive jamais à bout, m'a-t-elle confié.

Après le déjeuner : cinéma ou exposition, ou conférence. Maman rentre le soir pour se mettre les pieds sous la table car, ce jour-là, chacune à notre tour, nous sommes « de dîner ». Elle a les joues roses et l'air ailleurs. Cécile la regarde avec désapprobation : « Qu'est-ce que tu as fait ? Quand ? Comment ? A quelle heure ? » Cécile se sent volée.

« J'ai pris de l'élan pour mieux t'aimer », dit maman.

Quand je rentre ce mercredi-là, je trouve la poison dans la cuisine, travaillant au son du hit-parade. Depuis qu'on a décidé de réduire le chauffage — Cécile et Claire, pour une fois d'accord, étaient contre — elle a installé son quartier général près de la cuisinière et se chauffe au four mis sur « viandes blanches et gâteaux très cuits ». Les joues en feu, elle étudie le fucus vésiculeux (si j'en crois le titre qui s'étale en lettres flamboyantes au haut de son cahier de sciences), qui n'est autre que notre bonne vieille algue.

Un spécimen un peu desséché de cette plante côtoie le verre de jus d'orange et le pot de miel placés devant elle. Je la connais ! Une heure pour écrire le titre, le souligner, l'auréoler, en rêver, et elle aura l'impression de savoir sa leçon.

Je me prends le pied dans un fil électrique qui serpente de la table au mur.

« Un jour, tu feras casser la jambe à quelqu'un avec ton magnétophone !

— Tout le monde ne peut pas se payer des piles, soupire-t-elle en plongeant dans le pot de miel SA cuiller : un instrument de plastique bleuté rapporté par papa d'un voyage en avion.

— Et tu pourrais manger ton miel dans une soucoupe ! C'est dégoûtant pour celles qui passent après !

— Toi, tu n'aimes pas le miel et les autres n'en sauront rien », dit Cécile en léchant sa cuiller.

Pendant que je me sers un verre de jus de fruits, elle annonce négligemment, mais en guettant ma réaction.

« Après déjeuner, Claire a eu une explication avec papa ! » Et elle ajoute d'un ton réprobateur : « Il a profité de ce que maman n'était pas là ! »

L'inquiétude monte en moi. Je n'ai plus soif.

« Et alors ?

— Il m'a demandé de sortir du salon.

— Tu as entendu quelque chose ?

— Au début, tout miel », raconte Cécile en se grati-
fiant d'une cuillerée supplémentaire du même pour
illustrer ses dires. Genre : « Si nous bavardions, ma
chère petite fille »... J'ai regretté de ne pas voir la tête
de la princesse ! Et très vite, le vif du sujet : « Alors,
« as-tu décidé quelque chose ? » Mais tout ça encore
gentiment, et sans prononcer le mot fatal ! »

Le mot fatal : avenir !

« Et qu'est-ce qu'elle a dit ?

— Rien ! Tellement rien que j'ai cru qu'elle avait pris
la fenêtre comme la dernière fois. Il faut reconnaître
que la dernière fois il ne faisait pas zéro degré ! »

Je m'assois et retire mes après-skis. Cécile distille
exprès. Si je la presse, ce sera pire. Elle adore les catas-
trophes. Quand on est en voiture, elle ne cesse de faire
des vœux pour qu'on ait un accident : un pas trop grave
où personne ne mourra mais où le sang coulera à flots
de blessures indolores. Juste pour l'aventure, les gens
qui courent autour de vous, le sang-froid dont on a
l'occasion de faire preuve, les réflexions émues : « Une
si belle petite fille »...

« Au bout d'un pénible suspense, reprend-elle, il
déclara qu'il s'était renseigné sur l'école de secrétariat.
Il paraît qu'il y en a une excellente à Pontoise et qu'ils
vous placent à la sortie. Là, Claire parla quand même.

— Pour dire quoi ?

— Plutôt crever... Enfin, c'est comme ça que je tra-
duisis. Inutile de te dire qu'après ça, ça y est allé. Elle a
été bonne pour tout le paquet.

— Où est-elle ? »

Du bout de son stylo, Cécile désigne le plafond.

« A propos, c'est son tour de faire le dîner. Tu pourras lui rappeler que certaines ne sont pas purs
esprits ! »

Je me lève.

« Je monte la voir, dis-je. Toi, tu ne bouges pas. De toute façon, je te préviens que je fermerai la porte et qu'on parlera tout bas. »

Je la laisse à son algue dont elle pourfend l'un des flotteurs d'un coup de fourchette rageur. Je vais d'abord passer par mon grenier pour y déposer mes affaires et mettre mes chaussons.

Quand j'entre dans ma chambre, j'ai toujours l'impression que quelqu'un m'y attend! Quelqu'un qui me ressemble, qui m'a regardée me lever, partir, peut-être traverser le jardin. Je m'assois sur mon lit et reste quelques minutes les yeux fermés pour lui permettre de me retrouver. Celle de silence et d'immobilité, celle de calme et de rêve, rejoint la Pauline de travail et de hâte.

Ça va! Nous sommes prêtes.

Aucune lumière sous la porte de Claire. Une chance : elle ne s'est pas enfermée à clef.

Une grande ombre gît sur le lit. Je vais allumer la lampe de bureau. La chambre de Claire, c'est un sanctuaire. Tout y est pieusement conservé; depuis sa première poupée, sa première dent, sa première boucle coupée. Et tout impeccablement rangé. Dans un album, ses photos de classe — et déjà elle y est différente; elle ne sourit pas comme les autres —, ses livrets scolaires où l'on déplore, année après année qu'elle soit plus dans la lune que sur terre — ce qu'elle considérait comme un compliment; les lettres, n'en parlons pas! Il paraît que dans un tiroir il y a son testament. D'après Cécile, elle demande qu'on brûle toutes ses affaires moins quelques legs qu'elle nous concède, recommande qu'on ne la pleure pas trop et dit qu'elle nous a aimés.

Elle est étendue sur le ventre, perdue dans ses cheveux comme elle était à dix, à douze, à quinze ans : à chaque fois que ça n'allait pas. Je viens m'asseoir au bord du lit.

« Claire ! »

60

Je pose la main sur son épaule. On aperçoit sa peau à travers la chemise indienne brodée. Son épaule est mince sous mes doigts. Elle se retourne sur le côté. Elle a pleuré.

« Il ne comprend rien ! Parce qu'il s'est crevé toute sa vie, il veut obliger les autres à en faire autant. »

Je me souviens des paroles de maman, sur la maison que chacun a à construire. Mais ce n'est pas le moment : une maison, ce serait trop.

« Il ne te demande pas de te crever ! Seulement de faire quelque chose. »

Elle se redresse, le visage hostile.

« Parce que toi aussi tu crois que je ne fais rien ? Ecoute-moi bien ! Je fais davantage que quatre-vingt-dix pour cent des gens. Je respire, je regarde, j'écoute, je vis. Moi, je vis ! »

Je ne sais que répondre. En un sens, c'est vrai ! Elle vit certainement plus que beaucoup de ceux que je côtoie chaque jour. Elle profite du temps, du ciel, d'elle-même, de la maison. Mais si tout le monde en faisait autant ?

« Tout le monde n'en a pas envie ! »

Elle s'assoit tout à fait, cale un oreiller sous son dos, arrange sa jupe. Je vois ses jambes à travers le bas fin. C'est la seule qui porte régulièrement des bas et réussit à ne pas les faire filer.

« Tu me vois apprenant la sténo ? Tapant toute la journée sur une machine ? Enfermée dans un bureau avec des crétins qui ricaneront en regardant mes jambes et des idiotes qui ne verront pas plus loin que leur rouge à ongles ? »

Je m'efforce de ne pas regarder les bataillons de pots et flacons sur la coiffeuse.

« Alors fais autre chose...
— Quoi ?
— C'est à toi de savoir !
— Eh bien, je ne sais pas ! tranche-t-elle. Et si on me force, je fous le camp ! »

Elle n'a jamais parlé comme ça. Pour faire honte à Cécile, elle s'applique à n'employer que des mots très corrects. Elle a même effacé de son vocabulaire le « Je m'embête », jugé par elle vulgaire. Je regarde son visage révolté et, avec un pincement de cœur, je pense que ça plairait bien à Béa! Claire partant en guerre contre la famille!

« Où iras-tu?
— Chez des amis.
— Et tu vivras comment?
— Je me débrouillerai. »

Elle retombe dans ses cheveux, referme les yeux, fait la bonne à enterrer. Elle remonte les murs du silence. Je voudrais, en l'embrassant, creuser une petite brèche mais je n'ose pas. Je sens sa joue contre mes lèvres. Je l'embrasse moralement. J'espère qu'elle l'éprouve.

Elle ouvre un œil.

« Il est quelle heure? »

Je regarde ma montre :

« Presque sept heures! » Et j'ajoute : « Il paraît que c'est ton tour pour le dîner. »

Elle se redresse comme un ressort, l'œil incrédule.

« Tu crois que je pourrais « lui » faire son repas après ce qu'il m'a dit? »

Elle coule vers moi un regard suppliant :

« Pauline, si tu prenais ma place. J'ai mal au cœur. »

Je cède. Elle est capable d'avoir réellement mal au cœur rien qu'à l'idée de faire bouillir de l'eau. Avec elle, on ne sait jamais! Avec Bernadette on sait trop, avec moi pas grand-chose, paraît-il, avec Cécile, tout multiplié par quatre.

« Et je t'en supplie, éteins avant de sortir! »

Je la laisse dans son obscurité. Bernadette est rentrée; j'ai entendu le frémissement de la grille. Bernadette a sa méthode : elle ouvre à la roue et referme à la botte; le tout sans descendre de mob, ce qui fait hurler papa : la grille n'y résistera pas. Nous savons tous qu'une grille neuve coûte les yeux de la tête. C'est tout juste si pour la remplacer il ne faudra pas vendre la maison.

Dans la cuisine, Bernadette a éteint le four, arrêté la musique. Assise sur le bord de l'évier qui va faire un de ces jours comme la grille, elle écoute Cécile terminer son récit. Je répète ce que Claire vient de me dire : si papa insiste, elle s'en va ! J'ai besoin qu'on me rassure.

« Tu ne la connais pas, déclare Bernadette, loin de la maison et de ses petites habitudes, elle ne tiendra pas deux heures.

— En tout cas, moi je sais où elle ira », dit Cécile avec assurance.

Nous nous tournons vers elle.

« Enfin, je ne pourrais pas vous donner l'adresse exacte, mais elle ira forcément chez son type. »

Bernadette hausse les sourcils.

« Son type ? Qu'est-ce que tu veux dire ?

— Celui pour qui elle prend la pilule », laisse tomber négligemment Cécile, guettant du coin de l'œil l'effet produit.

Bernadette s'approche d'elle avec des gestes d'inquisiteur.

« Comment sais-tu qu'elle prend la pilule ?

— J'ai aperçu par hasard une plaque sous son traversin, avoue la petite. Après ça, comme je la sondai, elle prétendit que c'était des trucs pour la gorge et qu'elle les mettait là pour les avoir sous la main la nuit en cas de quinte.

— Et comment sais-tu que ce n'est pas vrai ?

— Ça n'a pas du tout le même goût que les pastilles qu'on prend d'habitude et il y en a une pour chaque jour du mois, moins les huit où on arrête afin que le cycle reprenne. »

Bernadette tombe sur une chaise pour rire plus à son aise. Cécile se demande si elle doit être fière ou vexée.

« Mademoiselle sait donc tout sur le cycle...

— Faut bien, dit Cécile. Ça peut me tomber dessus

d'un jour à l'autre. Maman m'a dit que c'était un grand jour, alors j'espère, et je vous prie de croire que ça ne m'empêchera pas de me baigner! Il y a autre chose pour Claire. »

On s'attend au pire. Il ne manque pas!

« Je me demande si elle n'attendrait pas un bébé, dit Cécile. Tout à l'heure, quand je lui ai demandé de me faire réciter la reproduction du fucus vésiculeux, elle m'a claqué la porte au nez. Elle y a peut-être vu une allusion à son cas...

— Es-tu sûre qu'il n'y en avait pas? ricane Bernadette.

— Je reconnais, avoue Cécile avec humour, que la reproduction de Claire m'intéresse davantage. »

Bernadette lui envoie une bourrade amicale et me fait signe de la suivre au premier. Cécile nous regarde disparaître avec regret.

Nous nous installons dans la salle de bain. Je n'ai pas encore dit qu'elle était très grande avec une moquette en nylon. C'est une des pièces où on est le mieux pour parler. Bernadette laisse tomber ses vêtements par terre et les envoie voler du bout du pied à l'abri des éclaboussures. Je prends place sur le tabouret.

« Tu vois, Paul, toi et moi, finalement, on a une chance du diable. »

J'essaie de ne pas trop montrer ma fierté de nous voir ainsi associées. Elle poursuit.

« On sait ce qu'on veut faire plus tard! Toi, tu écriras; moi, j'aurai mon manège. De toute façon, on fera quelque chose qui nous plaît. Alors, d'une certaine façon, même si on doit en baver, on a déjà gagné. Claire n'a envie de rien. Ce n'est pas sa faute!

— Maman dit que la passion ne vient pas toute seule. Qu'il faut chercher. Qu'en restant sans rien faire, on se dépassionne...

— Il y a quand même un tempérament au départ, dit Bernadette. Claire a toujours aimé traîner. »

Elle ouvre le bouton de la douche et commence à se

savonner. Elle a un savon spécial : marron, et qui ne sent rien. Celui de Claire est au jasmin : comme son thé. Le mien, en principe, rend le teint rose et frais.

« Sais-tu que sans nous, remarque-t-elle soudain, maman aurait sûrement fait de grandes choses ? »

Ma gorge se noue.

« Je la trouve formidable comme ça !

— Je n'ai pas dit le contraire ! Mais regarde-la donc quand elle revient le mercredi. »

Je n'ai jamais imaginé maman sans nous. Ça efface tout. Le monde disparaît dans une brume. Bernadette se rince. Elle savoure l'eau comme Pierre le vent. Elle coule sur son visage offert, ses seins amples et rapprochés — alors que moi ils sont petits et écartés de cinq doigts et demi —, son ventre comme un galet, ses cuisses longues et dures, faites pour l'élan. J'envie sa force. Ce ne sera pas pour la protéger qu'on l'aimera. Ce sera pour la voir vivre, l'entendre rire; pour l'accompagner. Voilà tout. Je la revois au manège avec Stéphane. Et tout à coup je comprends qu'il l'aime.

« Bernadette !

— Oui ?

— Et Stéphane ? »

Ma question ne l'étonne pas. Elle réfléchit, immobile sous l'averse.

« Je ne sais pas, dit-elle. Il est beau, blond et doux comme Claire, mais il sait ce qu'il veut. C'est un petit air de flûte. Il m'émeut. »

L'autre jour, quand il est venu la chercher pour l'emmener dîner, maman a eu un coup en le voyant entrer. Je ne crois pas qu'elle s'attendait à quelqu'un d'aussi correct, cravate et tout. Jusqu'ici, les amis de Bernadette, c'était plutôt l'Armée du Salut. Il lui a baisé la main. Ils ont parlé de ses études. Stéphane termine son droit. Son père est avocat d'affaires. Il pense travailler avec lui. Bernadette est rentrée tard. J'ai entendu la Triumph s'arrêter. Le moteur a marché longtemps au ralenti.

Je me détourne. J'aime comme elle a dit qu'il était blond et doux. C'est ce que dit, d'une fille, un garçon amoureux. Que faisaient-ils dans la voiture alors que j'attendais si fort le bruit de la grille que, pour une fois, elle n'a pas fait vibrer ? Claire prétend que l'odeur d'écurie ferait détaler tous les garçons. L'embrasse-t-il quand même ? J'aimerais la serrer contre moi, comme la vie. Il m'arrive, surtout le matin, dans les draps encore tièdes, dans un demi-sommeil, de ressentir en moi une brûlure qui demande à être apaisée; ou une soif, quelque chose de trouble et d'impérieux.

Je sais que l'amour rafraîchit cette brûlure. Il m'est arrivé d'avoir envie, comme le font certaines, d'y porter remède moi-même. Je m'y suis toujours refusée. Est-ce vraiment comme je me le dis pour attendre le moment où les mains d'un homme s'approcheront de moi ? Puisque ce moment, je le redoute.

Les yeux verts, joyeux, de Bernadette me scrutent dans les vapeurs de l'eau. Elle va me dire : « Paul, vingt sous pour tes pensées ! »

Je me lève. Il est plus de sept heures; les parents vont rentrer. Qu'est-ce qu'on va bien pouvoir faire pour dîner ?

CHAPITRE IX

PUISQU'IL FAUT PARLER DU BONHEUR

C'EST comme une chute. Et soudain le silence. Tout est noir. Mon cœur bat à coups profonds, lourds, brassant la peur en moi. Il me faut toute mon énergie pour sortir un bras du drap et allumer. Il me faut un long moment pour me retrouver. J'ai dû rêver... Je ne me souviens plus de quoi. Cette chute, c'était comme si quelqu'un m'avait poussée aux épaules pour me réveiller.

En bas, un bruit ! Je regarde ma montre. Il est presque une heure du matin. Qui ? Où ?

Je me recroqueville sous le drap. C'est cette partie de la nuit où tout est immobile, et cependant possible. Je tremble. Pourtant, je sais bien que j'irai voir.

Quand les objets de ma chambre me sont redevenus familiers : mon bureau, mon cartable préparé sur la chaise, mes vêtements; quand mon cœur a cessé de battre, je sors de mon lit. Il fait froid. Sur le conseil de Bernadette, je ferme toujours le radiateur pour dormir. Ma robe de chambre ! Mes chaussons. Surtout, ne pas réveiller Cécile !

L'escalier craque. Mais le bois de la rampe est familier à ma main. C'est au salon. Il y a de la lumière. Un cambrioleur ? Un cambrioleur n'allume pas. Claire ? La porte est entrouverte.

C'est maman. Elle est assise à sa place habituelle, à gauche de la cheminée; en chemise de nuit. Elle fixe la cendre. Une seule lampe est allumée, sur une table, qui crée de grandes ombres inhabituelles.

J'hésite. Elle ne m'a pas entendue. Bernadette retournerait se coucher. « On a bien le droit d'avoir des insomnies... » J'avance. De nouveau mon cœur bat, mais d'autre chose : maman, assise ici, à cette heure, c'est une inconnue. Je pense à ce que Bernadette m'a dit. N'est-elle pas bien avec nous ?

Il me faut beaucoup de courage pour aller prendre place sur mon tabouret, à ses pieds. C'est fait ! Le plus dur est passé. Maman baisse son regard sur moi. Il est calme. Elle n'a pas l'air étonné.

« Je n'arrivais pas à dormir ! Je n'ai pas voulu allumer à cause de ton père, alors je suis venue là.

— Qu'est-ce qui t'empêchait de dormir ? »

Elle hésite un peu, se décide.

« Jean-Marc.

— Je sais ! »

Son regard s'étonne.

« Bernadette m'a dit. Le cancer.

— Du sang, dit maman. J'avais l'intention de vous en parler demain. »

Du sang ! Elle raconte, les yeux à nouveau sur la cendre, le visage las. Hier, mercredi, elle est allée à l'hôpital où Jean-Marc est soigné. Je comprends ce sombre dîner où l'absence de Claire a été à peine remarquée; les questions de Cécile restées sans réponse sur la journée de maman à Paris. Je comprends peut-être aussi pourquoi c'est hier que papa a engueulé Claire.

« Jean-Marc avait demandé à me voir, explique maman. Il voulait que j'avertisse Marie-Agnès.

— Elle ne sait pas ?

— Ce n'est pas cela. On lui a dit ! Mais elle ne veut pas y croire. »

Je prends les pincettes, remue la cendre sous

laquelle couve encore un peu de braise. Marie-Agnès !
L'âge de Claire. A leur mariage, il y a deux ans, tout le
monde disait qu'elle avait plutôt l'air d'une première
communiante.

« Tu lui as parlé ?

— J'ai essayé, dit maman. Mais c'est si fort, l'espoir !
Ou plutôt, le refus du désespoir ! Il faudrait pourtant
qu'elle accepte. Tant qu'elle dira « non », elle ne pourra
pas l'aider à s'en aller. »

S'en aller... Sur la table basse, dans le cendrier, une
pipe de papa, à demi pleine. Demain, il aura pour la
vider ces gestes soigneux que je ne me lasse pas de
regarder. Jean-Marc a la moitié de l'âge de mon père.
Ce n'était pas son tour du tout.

« Quand ?

— Leur enfant doit naître en mai. Il n'est pas sûr
qu'il le connaisse.

— C'est dégueulasse. »

Ainsi que Claire, tout à l'heure, il m'a fallu un mot
que je n'emploie pas d'habitude : un mot-révolte. Mais
comme un fourmillement m'emplit des pieds à la tête.
Je me porte bien, moi ! Je suis vivante, aimée, protégée,
privilégiée. De quel droit ? Par quelle chance ? Pour
combien de temps ? Le chemin de Jean-Marc s'arrêtait
net et personne ne s'en doutait. Voie sans issue.

Maman pose la main sur mon épaule.

« Toute mort est insupportable ! Pourtant il faudrait
ne jamais cesser de penser : « Comme il a eu de la
« chance de vivre ! »

— Vingt-cinq ans ?

— Même vingt-cinq ans ! Pour Jean-Marc, cela aura
été vingt-cinq années de bonheur ! »

Le bonheur ! Encore lui ! Faut-il vraiment que ce mot
remonte tout le temps aux lèvres des gens ? Serait-ce
aussi par « refus du désespoir », comme a dit maman
tout à l'heure ?

Bon ! Jean-Marc aura été heureux vingt-cinq ans. Et
après ?

« Après ce n'est pas fini ! »

Dieu, le paradis, tout ça ! Le visage de maman est éclairé. Elle croit. C'est pour cela qu'en accord avec Charles, qui est athée mais bienveillant, nous avons été baptisées. Ensuite, après un peu de catéchisme et la communion, laissées libres. Claire a tout oublié, par négligence. Bernadette ne parle de Dieu que pour prononcer son nom à mauvais escient et ce sont les seules occasions de voir maman en colère. Cécile et moi l'accompagnons volontiers à la messe. Cécile, surtout, pour chanter à tue-tête. Elle espère qu'un imprésario distinguera sa voix. Moi, à l'église, je me sens en compagnie.

« Avec toi, dit maman, crois-tu qu'on enterrera ton rire ? Ton regard ? L'élan qui a dirigé ta vie ? Le bien que tu auras fait aux autres ?

« C'est pourquoi, explique-t-elle, et sa voix est profonde et rassurante, il faut durant le passage ici-bas cultiver ce qu'on laissera aux suivants : ce qu'on appelle âme, ou esprit, comme on préfère. Ne pas s'occuper seulement du corps qui, lui, retourne à la terre. »

Je l'écoute. Je l'écouterais des heures ; toute ma vie. Je savais ce qu'elle me dit. C'est ce qui fait la maison si bonne, l'atmosphère si légère. C'est ce qui ne meurt pas. L'amour. L'amour de tout. Et ce coup aux épaules qui m'a fait tomber du sommeil tout à l'heure, c'était elle qui m'appelait pour me transmettre ce message, peut-être pour me demander de l'aider à s'en souvenir.

Je la regarde. Ces fins sillons sur son front, cette meurtrissure sous les yeux, ce cou qui, lorsqu'elle baisse ainsi la tête, a perdu de sa fermeté, ces fils plus clairs dans ses cheveux châtains, cette beauté... encore un peu.

« Maman ! Est-ce que tu regrettes ?

— Regretter quoi ? »

Elle n'a pas l'air de comprendre. Je refoule l'émotion qui monte. J'allège le ton. Je parviens même à sourire.

« Nous ! »

70

Elle rit. Comme je l'ai espéré, ce rire ! Et comme il me soulage. J'en ai les larmes aux yeux. Et si elle avait hésité ?

« Mais vous êtes ma joie ! » s'exclame-t-elle.

Et elle a eu, elle aussi, comme des larmes dans la voix.

« Bernadette pense que tu aurais pu faire des choses formidables sans nous !

— D'abord, dit maman avec un grand sérieux, vous êtes des choses formidables, toutes les quatre, chacune dans votre genre. Ensuite, figure-toi que je n'ai pas dit mon dernier mot ! J'ai des projets ! J'ai simplement choisi de commencer par vous. Les enfants, cela doit se faire jeune. Mais vous allez voir. »

Je vois son atelier, ses mystérieux collages, tous ces livres qu'elle lit. Je vois son regard sur les autres. Je pense à son mercredi.

« Qu'est-ce qu'on va voir ?

— Je ne sais pas encore. Ce qu'il faut c'est, d'une façon ou d'une autre, participer. Ne s'enfermer dans rien. »

A nouveau, sa main se pose sur mon épaule.

« Je t'interdis de croire que je me suis sacrifiée. J'ai, au contraire, fait preuve de gourmandise. J'ai tout voulu : une famille complète et la vie. L'amour, la tendresse, le monde. Quand je ne vous aurai plus, je ne serai pas seule.

— Tu nous auras toujours.

— Autant que vous le souhaiterez, dit maman avec un sourire. Un peu.

— Tu as papa !

— Et il m'a ! Ce qui ne l'empêche pas de vivre sa vie. D'avoir beaucoup d'autres choses en plus. »

Tout s'éclaire. Tout devient simple. Moi aussi, plus tard, je veux tout. Mais « moi »... qui est-ce ?

« C'est ce que tu aimes passionnément. C'est ce qui te tire en avant. Il ne faut pas y résister. Bernadette a raison ; qu'elle monte donc son manège ! La seule chose contre laquelle il faut lutter, c'est l'amour de rien. L'envie de rien.

— Comme Claire ? »

Son visage s'assombrit.

« Claire trouvera.

— Avant papa, dis-je, avais-tu l'amour passionné de quelque chose ? »

Le visage de maman est songeur. Elle se souvient.

« De la vie, dit-elle. En bloc. Je l'ai toujours eu. Mais j'ai été élevée à la campagne, par une famille qu'on appelait « bien-pensante » et qui croyait que les jeunes filles étaient faites pour rendre heureux un mari et élever des enfants. J'ignorais que j'avais d'autres choix. »

Le silence retombe. Je pense à ce que j'éprouve lorsque je rentre dans ma chambre. Cette présence. Il me semble, ce soir, avoir fait un pas dans sa direction. Et soudain, puisqu'il faut parler du bonheur, malgré Jean-Marc, je suis heureuse !

CHAPITRE X

LES DESSOUS DE LA MER

Cela se passe de façon tout à fait inattendue ! Sur le boulevard Saint-Michel, Béa et moi faisons la queue devant la marchande de crêpes. Le temps est tombé dans le doux. Il fait gris, sale, mouillé. Ce n'est même pas un nuage, c'est tout le ciel qui est pris. Les voitures passent avec un bruit de soie déchirée. Je préférais le bon froid sec qui tombait d'un ciel net, crûment éclairé comme par des projecteurs. Dans les devantures, les guirlandes sont apparues. Elles serpentent entre les chaussures, les lunettes, les vêtements et même, chez l'Italien, autour d'un salami. Déjà le huit ! Au bas de notre sapin à nous les paquets commencent à venir. Midi trente. Devant nous une femme s'impatiente. Restera, restera pas ? De deux et demie à quatre et demie : chimie : éthylène, acétylène, propriétés, formules, applications. De cinq à six, français ! Le parent pauvre qu'on met toujours en dernier; quand on est trop abrutis pour apprécier ! Le professeur le sait, qui nous avertit au début de son cours qu'elle essaiera de ne pas nous matraquer davantage. Moi, le français, ça me refraîchit.

Et soudain, un bras autour de mes épaules, un autour de celles de Béa : Pierre ! Ses cheveux sont mouillés, ses yeux clairs interrogent.

« Vous n'allez pas manger des crêpes à la pluie, quand même! »

Son air indigné nous fait rire. Il porte un ciré noir et des bottes. Il commande, lui aussi, deux crêpes : une salée et une au sucre et, sans discussion, nous entraîne chez lui.

« Brigitte est là! »

Elle est étendue sur le divan et se lève quand nous entrons : grande, ample, très belle. Sa longue natte brune lui arrive aux reins; son corsage cache à peine ses seins nus mais ce n'est pas provocant! C'est comme Bernadette quand elle se balade sans rien parce qu'il fait chaud et que ça ne lui fait pas peur. Brigitte porte aussi une longue jupe, des espadrilles. Elle sent bon.

Elle embrasse Béa, me serre vigoureusement la main, les yeux le plus loin possible dans les miens. Je me sens rassurée. Je n'avais pas réalisé que je redoutais cette première rencontre.

« Pierre m'a parlé de vous! Venez. Vous êtes toute mouillée. C'est imperméable, ça? »

Elle me prend les crêpes des mains pour me permettre de retirer mon manteau. Pierre vient en traître dénouer mon écharpe. « Laissez-moi faire, je veux vérifier qu'il y a bien les trois tours »... Ses doigts s'agitent sous mon menton, à l'endroit où c'est électrique. Je ris en me dégageant.

Alors! Cet atelier où je m'étais juré de ne jamais revenir, regardons-le en face. Le poêle, d'abord! D'un drôle de bleu, vert, marron; trapu, digne, ridicule. Un seau à charbon à côté. Une bouilloire dessus. Classique. Au fond de la bouilloire il doit y avoir une écorce de calcaire jaunâtre. Et ces tableaux? Il me semble qu'il y en a encore davantage aujourd'hui. On va sombrer. Brigitte est en train d'en faire le tour avec Béa, lui désignant ceux qui partiront pour l'exposition. Si j'ai bien compris, les crêpes tiédissent au four.

Pierre me rejoint.

« Je ne devrais pas insister. J'ai l'air de vouloir caser

ma marchandise. Mais j'aimerais que vous compreniez. » Il a son rire : « Vous ne serez pas obligée d'y aller. Juste regarder du balcon. »

C'est la lande, je crois ! Traversée par un chemin boueux. Il y a du blanc parmi les ronces.

« Ce n'est pas une mouette, c'est une maison. Elle se garde du vent. Elle fait comme ces poissons qui prennent la couleur du rocher pour se protéger du danger. Je suis né dans cette île. Il n'y avait pas de médecin ce soir-là. On a déclenché la sirène pour que celui du continent vienne par le premier bateau. Je ne l'ai pas attendu. »

Il me prend le coude et m'entraîne plus loin.

« Là, c'est à marée basse, en septembre. La mer ne se retire comme ça que deux fois dans l'année. Pendant deux jours, je suis venu lui voler ses secrets. La garce essayait de m'envoyer promener, avec ses algues sur lesquelles je me cassais la figure, avec son vent sourmois qui me paralysait les doigts. Je peignais assis sur un rocher, la toile sur les genoux, pinceaux entre les dents. Elle m'a pris des tubes de peinture. Je l'injuriais. Le soir, au café, les gens discutaient pour savoir si j'étais fou ou non. Il y a des points de vue faits exprès pour les peintres ! où ils peuvent arrimer leur matériel et disposent de ce qu'on appelle un beau panorama. Quel intérêt d'aller voir sous les jupes de la mer ? Je crois qu'ils étaient choqués. »

Je me penche sur le désert de vase et de sable percé de croûtes dévorées d'algues. Il y a aussi, parfois, de longs sillons inégaux pareils à des signatures. Je pense comme les gens, au café : qu'avait-il besoin d'aller peindre ça ? C'est comme une plaie à vif ; on a hâte que ce soit recouvert.

Béa nous appelle pour les crêpes. Nous revoici sur le fameux divan. Revoici Pierre à nos pieds. Les crêpes sont chaudes et croustillent sur les côtés. Béa et Brigitte parlent ski à Noël ; ce seront les premiers pas d'Angèle.

« Vous faites du ski, Pauline ?

— J'ai mes deux étoiles ! »

Le regard de Pierre ! Comme si j'avais dit quelque chose d'étourdissant. Ce regard intense soudain, qui appelle. Deux étoiles. Il ne sait donc pas ce que c'est ? Je me détourne et, fatalement, me revoilà dans la mer. Ici, c'est forcément lui ou elle. Lui et elle. Il avait raison l'autre jour. J'ai peur. De ce qu'il choisit de peindre. De ce qui est en lui. Du vertige que j'éprouve en face de ces paysages. Je les regarde et je me dis : « Ils existent aussi. »

« Vous devez penser qu'ils se ressemblent tous. Pourtant, s'il n'y en avait qu'un, on n'aurait qu'une phrase de l'histoire. »

Il parle comme s'il n'y avait que moi et j'ose à peine mordre dans ma crêpe dont le sucre me colle aux doigts. Béa écoute d'un air entendu. Brigitte semble intéressée, elle aussi. Pourtant, elle doit connaître tout ça par cœur. En un sens, je trouve qu'ils ont l'air frère et sœur plutôt que « compagnons » comme dit Béa. J'aimerais que Bernadette soit là. Je retrouverais ma langue.

« Prenez un objet, ou une maison, ou un paysage. Ce qui fait sa beauté, ce sont deux histoires : la vôtre et la sienne. C'est le moment où, par votre regard, ces deux histoires vont se rencontrer et se fondre pour devenir la vie. Il me faudra cent fois plus de toiles pour saisir le moment exact. »

Là, je comprends. Je sais. C'est comme vouloir écrire ce qu'on entend dans un coquillage marin. Brigitte et Béa sont retournées dans la cuisine. Pierre se tait. Je suis malheureuse soudain. Je sens qu'il est déçu. « Rien à tirer de cette fille, doit-il se dire. On la plaisante, elle fuit ! On l'invite à boire, elle renverse son verre ! On lui explique l'œuvre de sa vie, elle demeure les yeux ronds sans sortir une phrase sensible ! » Si j'étais à sa place et que je me voyais, je penserais ainsi ! Je serais découragée. Je m'adresserais à une autre : une Brigitte qui respire la vie. Une Béatrice qui la défie. Si au moins j'étais belle !

Il me regarde.

« Vous avez froid ? »

Comme sa voix est douce quand il veut. C'est vrai, je frissonne. Mais ce n'est pas la pluie de tout à l'heure.

« Je vais vous faire un café irlandais. »

Et le voilà reparti. Décidément, il aime faire la cuisine, cet homme ! Brigitte et Béa, enfoncées dans le canapé, parlent métier à tisser. Il est presque une heure et demie déjà. Mettons dix minutes, en marchant vite, pour retourner au lycée, il me reste une demi-heure ici. Une demi-heure pour tenter de me racheter.

Je m'installe sur un coussin, les bras autour des genoux comme à *La Marette* sur mon tabouret. Ah ! trouver de belles phrases, à la fois simples et « senties », comme dit le professeur de français... Je cherche, je cherche. Une ou deux ne me paraissent pas si mal, vraiment ! Mais dans un moment, quand il reviendra, elles s'envoleront d'un seul coup !

Je le verrai mettre dans les mains de Brigitte et de Béa deux verres coiffés de mousse. J'entendrai rire Béa de ce rire de gorge énervant qu'elle réserve aux hommes et qui les appelle. Puis il s'approchera de moi et je sentirai chacun de ses pas parce qu'il est envahissant, que quelque chose rayonne de lui, qui rend la respiration plus courte et donne envie de fermer les yeux.

Sans rien dire, après avoir posé devant mes pieds nos deux verres de café irlandais, il tirera un coussin près du mien et s'y laissera tomber. Je me tournerai vers lui et dirai : « Merci, c'est mon premier café irlandais », avec un sourire en principe destiné à montrer que mon silence est un choix et non un vide, mais qui sera un échec complet, une sorte de grimace éperdue, d'appel au secours.

Désespérée, je tendrai la main pour prendre mon verre. Alors il l'arrêtera et il me dira en retenant mon poignet dans ses doigts.

« J'ai pensé à toi. Tu m'as manqué. C'était merveilleux ! »

CHAPITRE XI

UN GAMIN QUI SIFFLERA POUR LUI

Au pied du sapin, une paire de chaussures inconnue. Trop grande pour être de fille; pas assez pour appartenir à papa. Dessus, un paquet avec la minuscule étiquette de rigueur. Claire se penche, lit, nous regarde d'un air incrédule en se relevant. Je me penche à mon tour, puis Bernadette. C'est écrit Jean-Marc. C'est l'écriture de Cécile.

Pas une larme, quand maman lui a appris l'autre jour; des lèvres serrées, un corps qu'on sentait durci. Maman a ouvert les bras. Elle n'y est restée qu'un très bref moment avant de courir s'enfermer dans sa chambre. Aucun commentaire depuis. Et ce matin, ces chaussures.

« Elle est capable d'être allée les réclamer à Marie-Agnès », souffle Bernadette.

Le visage de la princesse est indécis. Elle n'a guère réagi, elle non plus, à l'annonce du cancer de Jean-Marc, mais d'elle on n'attend jamais de grandes manifestations. « Quand même, murmure-t-elle, cette Cécile... » Et il me semble que cela lui fait du bien d'être émue pour quelqu'un d'autre que son altesse.

Maman passe la tête par la porte de la cuisine qui fleure bon le pain grillé.

« Petit déjeuner ! »

Nous voyant là, immobiles toutes les trois, elle approche. En robe de chambre, papa surgit d'un autre côté. On leur désigne la paire de chaussures. Quand Charles se redresse, il a un visage crispé. Le visage de maman est resté paisible. Avec quelque chose de plus. Peut-être une fierté.

« Je trouve, dit Cécile par-derrière, qu'on n'a besoin de rien d'urgent, nous ! Alors on pourrait arrêter les frais et s'occuper de Jean-Marc.

— Okay, dit Bernadette, pour une fois, voilà une bonne idée. »

Et elle rejoint Cécile dans la cuisine.

Café, lait, eau pour le thé, fument sur la table. La poison s'applique à placer au centre de la fleur habituelle son bol de chocolat glacé. Papa prend place à côté d'elle. Silence.

« On pourrait aussi penser à l'enfant, propose maman qui s'affaire près du grille-pain. Il aura besoin de beaucoup de choses ! »

Cécile lève un regard indigné.

« Il aura tout le temps de les avoir, lui ! C'est à Jean-Marc qu'il faut donner. Tout ce qu'il a envie ! »

Pour une fois, la faute de français n'est relevée par personne. Du dos de la main, Charles caresse la joue de la poison dont les lèvres tremblent.

« J'apprends à Nicolas à siffler comme lui, dit-elle en tournant furieusement sa cuiller de plastique Air France dans son bol, puisqu'il paraît que les garçons ont le droit de siffler dans la rue et pas nous ! »

Et c'est tout pour Jean-Marc. Dans les rues où il n'aura pas eu le temps d'aller, un gamin qui sifflera pour lui.

Comment dire ? Tout est là, pareil, quotidien : la famille, la classe, décembre dans le jardin, le sol plus dur aux pieds, la nature pétrifiée sur laquelle glissent sans l'entamer le son des cloches de Mareuil. Cependant, je vois tout mieux. Plus au cœur.

« Tu m'as manqué! C'était merveilleux. » Pierre a prononcé ces mots et les choses ont commencé, très lentement, de bouger; et déjà, quand un peu plus tard je me suis retrouvée dans la rue avec Béa, la vie prenait une teinte différente.

J'ai dix-sept ans. Jamais personne ne m'a parlé comme ça; avec, dans la voix, cette vibration chaude qui me fait encore trembler. « Tu m'as manqué. » Et pourtant je n'avais rien dit, rien fait de particulier. J'étais celle de tous les jours. Peut-il y avoir eu erreur?

Pour vérifier, je m'habille comme ce jour-là : Dufflecoat, écharpe. Les cheveux, comment étaient-ils, mes cheveux? Je les porte mi-longs ce qui fait qu'ils ne sont rien, dit Claire. Indécis comme moi. Ils devaient être mouillés, puisqu'il pleuvait? En baguettes de tambour, alors. Je m'approche de la glace. « Tu m'as manqué. » Je souris malgré moi à celle à qui Pierre a dit ça. Pierre! Je vois mes joues qui font dire à papa que j'ai toujours l'air de revenir d'avoir cueilli des pommes, mes sourcils réunis au milieu, signe de jalousie; mes dents écartées devant, signe de chance. Qu'est-ce qui lui a manqué? Pourvu que ce soit vraiment moi!

Je retire mon manteau. Il a retiré mon écharpe. Je sens l'électricité de ses doigts sous mon menton. Quels vêtements est-ce que je portais? Mon chemisier écossais qui est un peu trop serré parce que ma poitrine augmente. Mon pull bleu clair avec des cuirs aux coudes. Un jean. Ça, ils sont tous pareils, les jeans! « Vous êtes interchangeables », dit parfois Charles, mécontent, quand on est toutes les quatre en pantalon, parce qu'il a la nostalgie des jupes qui volaient au vent; mais la mobylette n'était pas, à cette époque, pratiquée comme maintenant. Bref, chemisier, pull et jean, j'étais comme tous les jours et pourtant... « Tu m'as manqué! C'était merveilleux... »

Cette phrase accompagne mes journées, m'entoure,

m'éclaire, me suit comme à mes talons, une guirlande de Noël. Cette phrase m'enchante dans le vrai sens du mot. Alors il s'est approché de moi... Il a posé les verres recouverts de mousse blanche. J'étais malheureuse. J'ai dit une phrase idiote. J'ai tendu la main pour me donner une contenance. Il a pris mon poignet. Il a cherché mon regard. « Tu m'as manqué. C'était merveilleux. »

On était le 8 décembre. On est le 12. Je ne l'ai pas revu. Me manque-t-il ? Est-ce merveilleux ? J'attends. Un coup de téléphone ? Sûrement pas ! Ceux qui m'appellent, ce sont Christian, Bruno, Pascal, des amis de mon âge avec lesquels, le dimanche, nous allons au cinéma ou jouons aux cartes. Parfois, nous dansons, mais je n'aime pas tellement. Cet homme qui a une compagne et une fille, qui peint le dessous de la mer et expose aux Etats-Unis n'a aucune raison de former mon numéro. Soyons sérieuse. Quel âge a-t-il d'abord ? Trente-huit, je crois. Et il les fait ! Largement ! Un bon nombre de rides et de cheveux blancs sans compter ceux qui ne sont plus là. Est-ce les blancs qui tombent en premier ?

Je suis allée, hier, marcher sur les quais, pas très loin de sa rue. Je me suis appliquée à regarder la Seine comme il m'avait expliqué pour ses tableaux. Mais le choc entre ce fleuve dense et pressé et mon histoire sans intérêt pour obtenir la vie ne s'est pas produit. Dans l'eau qui courait, je voyais le visage de Pierre et tout était brouillé.

CHAPITRE XII

ENTRE DEUX VIES, DEUX AMOURS...

Le 16 au soir, à la maison, pas de Bernadette !

Tout le monde est là. Maman navigue de la cuisine au salon, baisse le four, met le potage à *doux*. Si le déjeuner est libre — on vient, on ne vient pas, chacun se débrouille —, le dîner est sacré et huit heures c'est huit heures. Au cas où on ne le prend pas, obligation d'avertir dès le matin et, pour Cécile et moi, infortunées mineures, de dire où l'on va et demander l'autorisation.

Il est huit heures trente, donc, et pas de Bernadette !

Dehors, il fait mou. Toute la journée, le ciel a été bas, gris. Cela sent le bois mouillé, le nuage, la boue. J'aimerais un ciel bleu et de la neige. C'est un temps ni chair ni poisson. Un temps à frissons. D'ailleurs, la grippe fait des ravages. Une grippe sans fièvre, sournoise, qui se traduit par de vagues maux de tête, des courbatures, une lassitude. On ne sait si on l'a ou pas. On est capable de rien. Papa est crevé et se laisse, sans réaction, prendre son fou par Cécile aux échecs. Il a demandé à maman d'appeler le manège. Le manège ne répond pas. Maman, debout devant la fenêtre, scrute le jardin noir. Je sais qu'elle pense routes glissantes, phares aveuglants, dérapage.

« Je suppose qu'elle est allée prendre le pot de la

réconciliation avec Stéphane, déclare Cécile. Papa ! Gaffe à ta tour ou je te la flambe !

— Peut-on savoir qui est ce Stéphane ? demande papa en repoussant le jeu d'échecs. Et pourquoi « la réconciliation » ?

— C'est son cop, explique Cécile, ignorant les signaux furieux de Claire pour qui l'indiscrétion est péché mortel. Il a appelé deux fois hier ! La deuxième, elle m'a fait dire qu'elle était sortie et je me permis d'ajouter qu'on avait un moribond dans la baraque pour qu'il ne se crût pas obligé de rappeler toutes les trois minutes. »

Papa reste suffoqué.

« Un moribond dans la baraque ?

— Un ami de passage, quoi ! »

Papa lance un regard ulcéré vers maman. Ulcéré et incrédule. Comment, à eux deux, ont-ils fait pour fabriquer un tel phénomène ? Une sœur de maman a toujours été originale, ce qu'il n'oublie pas de lui rappeler aimablement quand Cécile lui en fait trop voir... mais à ce point ! Malgré son inquiétude, maman n'a pu s'empêcher de sourire à l'imagination de sa fille. Moi je pense avec malaise à la collection de champignons. Cécile parle trop de la mort. Est-ce pour l'apprivoiser ?

« Il est presque neuf heures, dit maman d'une voix légère qui ne trompe personne. Si on allait jusqu'au manège en voiture ? »

Mais au moment où papa se lève et s'aperçoit comme dix fois par jour qu'il a perdu, pour de bon ce coup-ci, les clefs de la Peugeot, la grille claque à toute volée et c'est bien la première fois que cela lui arrache un soupir de soulagement. Bernadette est déjà là !

Le « Où étais-tu ? » de maman meurt sur ses lèvres. Bernadette a pleuré ! A moins que ce ne soit la pluie ! Pourvu que cela soit la pluie ! D'ailleurs, ses boucles sont pleines d'eau. Elle dit sourdement :

« Le salaud veut assassiner Germain ! »

Les parents se regardent.

« C'est l'abattoir ou deux mille balles... Mais c'est l'abattoir qu'il vise. Je l'ai bien senti ! »

Les yeux de Cécile suivent les traces de boue que laissent sur le plancher les bottes de la cavalière. Elle regarde ensuite maman qui n'ordonne pas à Bernadette de les retirer, ce qui ajoute au drame.

« Raconte-nous ça depuis le début », fait la voix apaisante du docteur.

Bernadette tombe sur le canapé. Cécile court s'asseoir près d'elle. Claire est très ennuyée et ne sait comment le cacher, ou le montrer. Elle regarde maman. Maman s'est assise sur un fauteuil, en face de Bernadette.

« Il dit qu'il est trop vieux. Il a trouvé un remplaçant. Une occasion, paraît-il. Tu penses... Il va avoir besoin du box. J'ai huit jours pour caser mon pauvre Germain.

— Le caser où ?

— C'est bien le problème ! Chez un type qui acceptera de le prendre dans son champ. Ça fait deux heures que j'interroge tout le monde dans le coin. On me rit au nez. « Qu'est-ce qu'on va faire d'un vieux canasson, « mademoiselle ? » Comme si on recueillait les vieux pour s'en servir ! »

Elle s'interrompt afin de reprendre souffle. Nous regarde tous. Ses yeux sont noirs ; vraiment noirs.

« Je vais vous dire ce qu'il y a ! Crève-cœur me déteste. Depuis le début ! C'est un phallocrate. Les gens demandent à monter avec moi. Il crève de rage. Pour Germain, il l'a fait exprès. Vous auriez vu sa tête quand il me l'a annoncé ! Il jouissait, le salaud ! Et ce con qui dit qu'il faut s'habituer à la mort et que les vieux chevaux sont faits pour être bouffés !

— On ne va pas bouffer Germain, quand même ! proteste Cécile.

— Si on ne trouve pas deux mille balles avant le 1er janvier, plus un champ pour le garer, y a toutes chances, dit Bernadette. Et vu son âge, il passera en viande hachée ou en ragoût à chats.

— J'ai toujours détesté les chats, dit Cécile. Je saurai maintenant pourquoi ! Quant au champ, y a pas de bile à se faire ; on le garera dans notre jardin. Après, on avisera pour la rançon. »

En entendant parler de « son » jardin, papa a bondi. « Même si tu supprimais les plates-bandes, rasais la maison et comblais le bassin pour ne faire qu'un grand champ, il n'y aurait pas assez à manger pour un cheval. Et où le logerais-tu ? Dans ta chambre ?

— On fera une écurie dans le garage.

— Et toi, tu feras démarrer ma voiture le matin... ? »

Confondue par un tel égoïsme, Cécile assassine Charles du regard. Maman lui fait signe de ne pas insister et, à moi, demande tout bas d'aller éteindre le four.

Nous sommes en plein dans ce qu'on appelle à la maison une priorité. Une priorité, c'est l'ami en difficulté, la conversation rare, tout ce qui est affaire de sentiment. Un rôti peut attendre. Pas le cœur !

La cuisine embaume. Ici, c'est encore tout à l'heure. Rien n'a changé. Ici, Germain n'est pas menacé.

Quand je reviens, tout le monde est tourné vers papa qui a retiré ses lunettes et les essuie longuement ; c'est gai ! J'essaie de me convaincre qu'il va dire oui. Ces deux mille francs, il les a sûrement à la banque. Même si cette année encore personne ne doit partir au ski. Ou justement à cause de ça ! Qu'attend-il pour le dire ? Ne voit-il pas que Bernadette, Bernard le fier, qui ne demande jamais rien à personne, pour une fois a besoin de lui ?

Il remet enfin ses lunettes.

« Deux mille francs, déclare-t-il d'abord, et son ton n'annonce rien de bon, c'est une somme ! Surtout avec le tiers provisionnel qui arrive à grands pas. Mettez-vous ça dans la tête, mes petites filles ! Deux mille francs, c'est plus que ce que gagnent par mois quantité de gens ! »

Il se tourne vers Bernadette, et là il met beaucoup de tendresse dans sa voix.

« Et tu sais bien que ça ne suffira pas! Admettons que tu trouves quelqu'un pour prendre Germain, tu devras lui louer son champ. Tu devras payer le vétérinaire...

— Pour le vétérinaire, proteste Cécile, à partir du moment où on t'a, je ne vois pas où est le problème!

— Il y aura aussi la nourriture, les vitamines. Cela coûte cher, un cheval! poursuit papa sans répondre à la poison.

— Je le gagnerai! dit Bernadette résolument.

— Tu arrives tout juste à payer tes bottes...

— Alors, tu vas laisser assassiner cet être vivant? s'indigne Cécile.

— Il n'est pas question d'assassinat! dit papa, cette fois avec un peu d'impatience. Il est question de choix. Et je vais vous dire lequel! »

Il se lève, marche d'abord un peu puis vient près de maman et pose la main sur son épaule : pour faire équipe; comme toujours dans les grandes décisions.

« A l'hôpital, sur la table de nuit de Jean-Marc, il y a un carnet, dit-il. J'avais remarqué qu'il y tenait beaucoup. Je pensais qu'il s'agissait peut-être de pensées, de réflexions, d'une sorte de testament qu'il laisserait aux siens. Je lui ai demandé ce que c'était. »

Nous nous taisons. Le regard de Cécile est fixé sur les chaussures de Jean-Marc, au pied du sapin, et elle ne respire plus. Bernadette regarde ses bottes. La main de maman est venue se poser sur celle de papa.

« Des chiffres, dit-il d'une voix sourde. Des comptes, des additions. Jean-Marc n'a pas peur pour lui. Il ne pense pas à lui. Il ne parle pas de sa mort. Il parle des dettes qu'il a dû faire pour s'installer plombier. Il calcule pour sa femme, son enfant à venir. Comment pourra-t-elle rembourser? Ses parents n'ont que leur retraite. Le pain, la viande, l'éducation, la distraction... Combien? »

Papa s'interrompt et regarde Bernadette. On a toutes compris ce qui allait venir maintenant.

« Alors, si demain je lui dis : « Jean-Marc, chaque « mois je m'engage à donner une petite somme à ta « femme », il partira moins angoissé. Cette petite somme pourrait être celle que tu dépenseras pour Germain, Bernadette. Voilà le choix ! »

C'est implacable, imparable, sans appel. On ne peut même pas protester. Le silence tombe. Germain est condamné. Je n'ose regarder Bernadette. Ce choix est dégueulasse. C'est dégueulasse d'avoir à choisir entre deux existences, deux amours. Je refuse. Que tous vivent ! Que tous aiment !

Bernadette se lève. Claire a le visage d'une accusée. Je m'en souviendrai plus tard. Trop tard. Cécile foudroie papa.

« Tu devrais aller sécher tes cheveux, dit maman à Bernadette. C'est comme ça qu'on prend froid. »

Et sans bruit, d'un pas un peu las, elle disparaît dans la cuisine. Bernadette quitte le salon à son tour. Elle ne claquera pas la porte. Peut-on claquer la porte au nez de Jean-Marc ? D'un geste rageur, Cécile va balayer les pièces d'échecs qu'elle jette ensuite avec bruit dans la boîte.

« Un jardin... à quoi ça sert si on ne peut même pas y mettre un cheval qu'on aime.

— A table ! dit papa d'une voix fatiguée. Ne faisons pas attendre votre mère. »

Le dîner est sinistre. Il y a du soufflé au fromage, passion de Bernadette. Tout le monde remarque qu'elle se sert à peine. Cécile, qui réclame toujours de gratter le plat, le repousse à moitié plein en regardant papa d'un air vengeur. Plus tard, elle vient me demander ce que veut dire phallocrate.

« C'est quand les hommes se croient plus forts que les femmes parce qu'ils ont ce que tu penses, dis-je.

— Alors, dit-elle, c'est bien simple ! Dans ma classe, tous les garçons sont phallocrates. Sauf Nicolas. Je vais lui demander pour Germain. Qu'est-ce qu'on parie qu'il aura une idée ? »

CHAPITRE XIII

GERMAIN SUR LA SELLETTE

CELA ne sent pas Noël, cela sent la pluie! Cela ne sent pas la joie; cela sent l'attente.

Tout le monde attend! Claire, l'ultimatum de papa : en restant au lit jusqu'à midi, en râlant contre le bruit, le froid, la société, en prenant des airs de princesse outragée, d'incomprise. « Ses airs », se plaint Cécile, qui pourtant lui fait des gentillesses en cachette, trop de gentillesses, comme à un condamné; elle est même allée jusqu'à lui porter un repas dans son lit. « Il faut bien qu'elle profite de son reste! »

Bernadette attend la fin du sursis accordé à Germain par Crève-cœur : l'arrivée d'un certain Palsamgris qui prendra son box. Mais elle, c'est en courant partout à la recherche d'un champ et du travail miracle qui lui ferait gagner en quelques jours le montant de la « rançon », comme dit Cécile. « A la recherche d'un miracle », soupire maman, dont le regard, chaque soir, interroge sa fille. « A-t-elle trouvé? » Mais maman n'ira pas, en l'aidant, à l'encontre de la volonté de papa auquel, malgré nous, nous en voulons toutes un peu. Et puis maman n'a pas d'argent à elle; ils font caisse commune.

Et moi aussi j'attends! Cet élan en moi, je ne sais

vers quoi, qui me poigne parfois douloureusement; l'odeur neuve qu'a l'air depuis quelques semaines, chargé de promesses que je ne parviens pas encore vraiment à lire mais qui sont là; je les sens dans le vent auquel j'offre davantage mon visage, dans les odeurs que je m'efforce de ne plus refuser; c'est bien l'attente!

Chaque jour, je fais lentement les trois tours de cache-nez autour de mon cou comme si ce geste allait m'ouvrir une porte. Mais quelle porte?

Il a vingt ans de plus que moi. Il a femme et enfant. Il n'est pas revenu me chercher. « Tu m'as manqué, c'était merveilleux! » Cela ne voulait rien dire finalement! Pourtant, je me sens comme au bout d'une branche sur le point de casser.

Seule Cécile attend Noël. Airs mystérieux : rires secrets. A-t-elle déjà effacé son ami Jean-Marc? Ne voit-elle pas la façon dont Bernadette surveille le calendrier? Jamais le transistor n'a tant marché. On en a tous les oreilles cassées, et quand il s'arrête, elle trouve le moyen de chanter! Mais on laisse faire. En ce moment, la vie dans la maison, c'est Cécile. C'est la poison.

Qu'attendent les parents?

Noël! Tantôt ce mot éclate en moi comme un pétard de fête, m'inondant d'étincelles; tantôt il me semble vain, privé de son tréma. Sans tréma sur le e, Noël n'est plus qu'un mot gris comme les autres.

Et pourtant, peu à peu, notre sapin prend vie; avec ses guirlandes, ses étoiles, ses pendentifs, ses clémentines, bien sûr — pour rappeler qu'en France la clémentine était autrefois le Noël de milliers d'enfants pauvres —, il a l'air, selon Bernadette, d'un bourgeois nanti. Un paquet un peu plus long que ma main et deux fois plus étroit est arrivé pour elle par la poste. A force d'avoir été tâté par toutes, il a perdu sa ficelle dorée.

Cécile a jeté un froid en répondant « du fric » à sa marraine, une vieille tante venue lui demander si elle préférait un travail manuel ou une œuvre classique.

On ne voit plus les souliers de Jean-Marc, ensevelis sous les cadeaux. Pourtant c'est vers eux qu'on se tourne en premier. Papa a dit : « Je fais l'impossible pour qu'on le laisse passer les fêtes chez lui! »

Et je pense : « A quoi bon? » A la place de Jean-Marc, je refuserais de quitter l'hôpital. Je me barricaderais à la fête. Il n'y en aura pas pour lui. En vacances, quand c'est le dernier jour, je fais mes valises le matin. Je ne mets pas le nez dehors. Autant en finir tout de suite puisqu'on ne peut plus dire « demain »!

Cela ne sent pas Noël et pourtant, le soir du 23, avec un jour d'avance, la fête est là!

Comment commence un conte de Noël? Maman, comment disais-tu déjà? Il était une fois... De la neige? Pas un seul flocon n'est tombé! Des chants? Seulement ceux du transistor de Cécile! Non, vraiment, rien de particulier ce samedi 23, sinon les odeurs mystérieuses qui s'échappent de la cuisine où maman s'est enfermée.

Il est presque huit heures. Papa est rentré sur la pointe des pieds et a déposé sur les souliers de maman un grand paquet enveloppé du papier noël du super-marché. A présent, dans ses vieux habits de maison, il lit son journal. Maman coud. Nous lisons. Il ne manque que Cécile.

A cinq heures, elle a demandé une provision de papier, de la colle et des ciseaux, et s'est enfermée dans sa chambre en déclarant ne vouloir être dérangée sous aucun prétexte. Trop heureuse d'avoir la paix, nulle ne s'est hasardée à enfreindre un ordre si agréable. On se prépare à l'appeler pour dîner lorsque le téléphone sonne.

C'est maman qui va répondre. L'appareil est près de la porte, sur une petite table. Interdiction de le promener depuis que Claire a arraché le fil en tentant de le monter jusqu'à sa chambre. Inutile donc d'espérer téléphoner tranquille.

Le visage de maman passe de la tendresse joyeuse —

c'est ou la famille, ou Aliette, son amie de cœur — à l'incrédulité, puis à la stupéfaction. On n'entend plus que des « oui », des « bien ». Intrigué, papa a levé le nez de son journal. Maman finit par dire : « Bon, merci, à demain ! », et raccroche.

Elle reste un moment immobile puis s'approche de nous avec un visage bizarre.

« Que se passe-t-il ? demande papa.

— C'était Aliette. »

Le ton de maman est ailleurs. On dirait qu'elle n'est pas certaine que c'était vraiment son amie.

« Et alors ?

— Elle appelait de la part de Cécile ! »

Nous levons tous le nez vers le plafond. On entend d'ici le transistor dans la chambre de la poison.

« Elle n'est pas là ?

— Il paraît que non, dit maman. C'est une histoire de fou ! Pauline, va quand même vérifier ! »

La chambre est vide : le papier, la colle et les ciseaux n'ont pas été touchés. Je ne sais pas pourquoi, je tire la poignée du tiroir aux champignons. C'est fermé, donc, en principe, plein. J'éteins le transistor et reviens.

« Elle n'est pas dans sa chambre ! »

Papa se tourne à nouveau vers maman. On le sent en colère mais se retenant ; à cause de l'arbre de Noël sans doute. Il nous aura évité bien des petites disputes, ce bon vieux sapin qui commence à perdre ses aiguilles malgré les engrais.

« Qu'est-ce qu'elle fait chez Aliette ?

— Elle n'est pas chez Aliette non plus », avoue maman d'un air piteux.

Charles laisse tomber bruyamment son journal sur le tapis.

« Quand tu auras fini de parler chinois, on y comprendra peut-être quelque chose !

— Cécile a appelé Aliette. Elle lui a demandé de nous téléphoner pour nous dire de ne pas nous inquiéter, dit maman d'un trait. Elle les a aussi avertis qu'elle coucherait chez eux et qu'ils devraient lui laisser une clef sous le paillasson. »

Il y a un silence stupéfait. Cécile n'est encore jamais allée seule à Paris. Papa retire ses lunettes et commence à les essuyer.

« Mais alors, si elle n'est ni ici, ni chez Aliette, où est-elle ? interroge Claire.

— Il paraît, dit maman, toujours de la même voix incrédule, que nous devons regarder ce soir une émission appelée « Des notes et des chants » ! Sur la première chaîne, à neuf heures. »

Chacun regarde sa montre. Pour se donner du temps. Pour se rassurer. Huit heures vingt seulement.

« " Des notes et des chants ? " répète papa d'une voix incrédule.

— Je crois savoir ce que c'est, intervient Bernadette. Une émission-concours. Cécile était pendue à ça depuis des mois. Il y a des spectateurs. Elle a dû se faire inviter. »

Papa se lève. Il est tout rouge. Il regarde maman d'un air accusateur.

« Ainsi, explose-t-il, quand ta fille décide d'aller à une émission à la télévision, elle ne dit rien à personne. Elle y va ! »

Maman a un geste d'impuissance.

« Nicolas est peut-être avec elle, dit Claire.

— Ce Nicolas, hurle papa, il commence vraiment à me porter sur les nerfs ! Il doit avoir de drôles de parents, ce gamin, pour en prendre ainsi à son aise ! Qu'on les appelle !

— Je n'ai pas leur numéro, dit maman, confuse. A vrai dire, je ne connais même pas leur nom de famille. Cécile est très discrète en ce qui concerne son ami.

— Evidemment ! Ça lui permet de faire ses coups en douce avec lui ! »

Maman n'insiste pas. Claire quitte le salon et revient presque aussitôt.

« Son anorak n'est pas au portemanteau, déclare-t-elle. Mais ce qui est bizarre, c'est que ses chaussures et ses bottes sont là !

— Je suppose qu'elle est allée là-bas en chaussettes, dit papa d'un ton affreusement blasé. Et pourquoi pas en chemise de nuit ! »

Il disparaît à son tour dans l'entrée, revient en canadienne.

« Je vais la chercher.

— Où ? demande maman doucement. On ne sait même pas où est tournée cette émission. Et tu arriveras quand ce sera commencé. On ne te laissera jamais entrer !

— Il y a une façon de la retrouver, dit Bernadette en allant allumer le poste. Je propose un dîner-télé ! »

Le temps d'obtenir de Charles qu'il nous rende sa canadienne, d'appeler le collège de Cécile pour essayer d'avoir des coordonnées du fameux Nicolas, mais c'est fermé, raison vacances, de rappeler Aliette au cas où elle aurait des renseignements supplémentaires, il est neuf heures ! On dînera plus tard. D'ailleurs, personne n'a faim. Nous sommes tous installés devant le poste. Jamais émission de variétés n'a été attendue dans une ambiance aussi sinistre.

« Des notes et des chants ! » annonce enfin la speakerine.

Le présentateur de l'émission apparaît : un certain Arthur qui a une bonne tête.

« D'imbécile », gronde papa.

Une cinquantaine de personnes, surtout des jeunes, sont assises dans le studio sur des coussins de toutes les couleurs. Parmi eux, nous cherchons Cécile et un petit garçon de son âge. En vain ! La caméra passe trop vite. Ils sont trop serrés. Et tout cela se meut, bruit, comme par grand vent.

Arthur réussit à obtenir le silence. Il présente d'abord l'orchestre puis, un à un, les concurrents. Papa observe un silence de mort.

C'est d'abord une grosse dame à l'indéfrisable violet

et au corsage rebondi fermé par une broche que les projecteurs font briller. On ne voit pas plus bas car elle est assise derrière une table recouverte d'un tapis. Puis la caméra avance le long de la table et s'arrête sur un grand dadais appelé Roland, qui, avec ses immenses cheveux et sa chemise bariolée, fait bizarre à côté de la grosse dame comme il faut. D'ailleurs, elle le regarde comme si elle n'y croyait pas; de la même façon apeurée qu'ont certaines personnes dans le métro quand un hippie s'assoit à côté d'elles avec sa guitare, ses bottes, ses habits de vacances.

La caméra quitte Roland et passe sur le troisième concurrent. Sous le choc la famille reste paralysée. Le troisième concurrent, c'est Cécile !

La poison porte un des meilleurs chemisiers de Claire, qui en avale de travers. Le tissu transparent, une sorte de voile, ne cache rien des deux polos de cotonnade jaunâtre qu'elle superpose toujours par temps froid. Les manches tombent sur les mains, le col flotte. Ce chemisier trop grand et trop habillé en fait quelqu'un de très étrange entre le chaperon rouge et sa grand-mère. En plus, on l'a fardée.

« Eh bien, souffle papa, le premier à reprendre ses esprits, ils nous l'ont arrangée ! »

Maman est penchée en avant. Elle ne dit rien mais je sens dans sa gorge le même rire que le mien; si intense qu'on dirait un sanglot.

Malgré son air faraud, on voit bien que Cécile n'en mène pas large car elle fixe l'écran comme si elle voulait l'enfoncer pour passer de l'autre côté. La caméra revient à la grosse dame.

« Mlle Pinot, annonce Arthur, couturière de son état. »

La couturière dévoile au public une mâchoire en argent.

« Mlle Pinot fait marcher sa machine à coudre depuis trente ans au rythme de notre émission, dit Arthur, que tous l'applaudissent bien fort ! »

94

Bien que l'émission ne dure que depuis deux ans, l'assistance répond volontiers à l'appel; même les musiciens qui frappent sur leurs instruments. Cécile se joint au concert, se rend compte qu'on ne lui en demandait pas tant et stoppe net pour se ronger les ongles.

C'est le tour du grand dadais. Il travaille comme coursier chez un éditeur.

« M. Roland, déclare Arthur, a accompli l'exploit de fixer sur son casque de mobylette un transistor grâce auquel, tout en sillonnant notre capitale, il reste au courant des nouveautés de la chanson. »

J'ai l'impression que ça a donné une idée à Cécile, le transistor sur le casque... Le teint virant au violet, Roland se lève brièvement et salue. Il a des lèvres si serrées qu'on se demande s'il pourra parler. La salle applaudit, siffle et crie. La famille ne respire plus. Ça va être au troisième concurrent !

« Et voici notre benjamine, dit Arthur en se tournant vers la poison que la caméra prend en gros plan. Nous avons pensé qu'en cette avant-veille de fête, on pouvait faire honneur aux enfants et sa maman a bien voulu nous en donner l'autorisation ! »

Papa se tourne vers maman dont l'air effaré proclame l'innocence. On éclaircira ça plus tard.

« Cécile ! dit Arthur, que fais-tu dans la vie ?

— Etudiante », répond la petite avec un sourire de candidat aux présidentielles.

Le visage d'Arthur s'épanouit.

« En quoi ?

— En baccalauréat. Sans latin ! Ça n'a pas été tout seul d'ailleurs avec mon père. »

Il y a des rires, des applaudissements. Bernadette n'a pu s'empêcher de participer et Charles la regarde avec reproche.

« Et tu t'en tires ? demande Arthur.

— Si vous soustrayez le calcul, ça peut aller », dit la petite.

L'animateur fait signe à l'orchestre et, dans un grand roulement de cymbale, l'émission commence.

C'est simple! On joue aux concurrents des petites phrases de musique. A partir de là, ils doivent trouver le titre, l'interprète, la maison de production, la date de parution du disque.

Départ en flèche des trois. Rengaines, chanteurs confirmés. La couturière fredonne toujours quelques mesures avant de répondre. Elle a un grand succès quand elle roule les *r*. Les réponses glissent comme des disques des lèvres serrées de Roland. Cécile répond au quart de tour. Elle a l'air déçue et blasée. Trop facile, je pense.

Puis les questions deviennent plus dures. Chansons plus anciennes ou moins connues. La broche de Mlle Pinot monte et descend plus vite et elle offre moins volontiers aux spectateurs sa mâchoire en argent. Le coursier s'affole, confond un éditeur de disques avec un éditeur de livres. Vagues de rires. Cécile est incollable. « *Vent, tais-toi!?* 1973! Decca. » Chanté par Anatole. « *A nous, les copains, le monde!?* Philips. 1975. Par le groupe X. » Rouge comme une tomate — ce doit être la chaleur des projecteurs —, rongeant furieusement ses ongles, elle répond avant même que les musiciens aient fini la mesure. Elle amasse les points, ce qui ne l'empêche pas d'assassiner du regard ses adversaires lorsqu'ils en marquent un, chose se fait de plus en plus rare. Charles est K.-O.

« Où a-t-elle appris tout ça? »

Mais il fait comme les autres! A chaque fois qu'un concurrent sèche, il se tourne vers sa fille. Toute l'assistance est pour Cécile qui prend des mines de plus en plus modestes. Dernière question! Il paraît que ça sera difficile. Quatre mesures. Silence général. Emotion de la famille : « Ce serait trop bête! Puisqu'elle y est. » Cécile lève enfin le doigt.

« *Vive la rentrée!* 1973. Decca. »

Et elle ajoute : « On voit que le type qui a écrit ça il

était sorti depuis longtemps! Un flop complet, son disque! »

Délire dans la salle. Elle a gagné!

Arthur remet aux deux perdants un album de disques. Puis il tend la main à la poison et la tire au milieu de l'estrade. C'est alors que le mystère des chaussures est éclairci. Cécile porte les sabots neufs de Bernadette, et comme elle nage dedans le bruit est décuplé. Elle s'en rend compte et a une grimace de dépit.

« Si j'avais su qu'on serait sur le ring, dit-elle, j'aurais mis mes tennis. »

L'assemblée jubile. Je pense aussi que si Cécile avait réalisé qu'il existe des gros plans à la télévision, elle n'aurait pas gardé son pantalon dont la fermeture descend... Arthur met les mains sur ses épaules.

« Nous avons pu constater que tu étais un as en ce qui concerne la chanson, dit-il. Parmi tous ceux que tu as entendus ce soir, tu as bien un chanteur favori?

— Béart, dit Cécile. Ce n'est pas la *Sixième Symphonie* mais ça se laisse écouter. »

Le pianiste, enchanté, frappe quelques accords classiques.

« Si tu en connais autant sur Beethoven que sur la variété, dit Arthur, tu finiras au conservatoire.

— J'ai rien contre le classique, dit Cécile en jetant vers l'écran un regard que je suppose adressé à notre père. Je suis pas raciste! »

Aux anges, l'assemblée applaudit. Papa n'a pu s'empêcher de sourire.

« Et maintenant, dit le présentateur, voici le grand moment! Tu sais qu'en cette veille de Noël, le gagnant, ou la gagnante, a le droit d'exprimer un vœu. Si T.F.1 le peut, il comble ce vœu.

— Je sais, dit Cécile passant par-dessus le roulement de la grosse caisse. C'est d'ailleurs pour ça que je me suis présentée au risque de me faire étriper par mon père. »

Sous les cris enthousiastes des spectateurs, le père se fait tout petit.

« Qu'est-ce qu'il fait donc, ton père ? demande Arthur en retenant son rire.

— Docteur », dit Cécile avec fierté.

Et, avec une nuance de regret : « conventionné ».

« Je me permettrai, dit Arthur en regardant papa droit dans les yeux, de demander au docteur Moreau de montrer beaucoup d'indulgence pour sa fille.

— Merci, dit Cécile.

— Alors, demande Arthur. Quel est ton vœu ? »

Le sourire de la poison s'est effacé. Elle reste un moment sans rien dire, le regard sur les sabots de Bernadette et, pour la première fois, il semble qu'elle soit vraiment émue. Nous nous regardons. Que se passe-t-il ? La salle, soudain, est silencieuse. Tout le monde attend et s'interroge.

« La vie de Germain ! dit soudain Cécile en redressant la tête et regardant Arthur avec défi.

— La vie de Germain ? répète Arthur sans comprendre.

— Voilà, dit Cécile. Il est vieux. Il ne sert plus à rien, alors, pour qu'on le liquide pas, il noùs faut deux mille balles avant le 1er janvier ! »

L'assistance ne comprend rien, mais, devant l'expression de Cécile, n'ose manifester.

Arthur s'éponge. Il se penche vers notre sœur.

« Qui est Germain ? demande-t-il très très doucement.

— Quelqu'un qui pourrait bien finir en steak haché, dit Cécile avec une grosse voix. Un bai, coupé mais pas énorme pour autant, vous pouvez aller constater ; qu'un phallocrate a condamné à mort si on payait pas la rançon et le champ. Comme le tiers provisionnel arrive à grands pas et qu'on a un ami mal parti, mon père a choisi l'ami, ce que je ne me permettrai pas de lui reprocher. Mais moi, j'ai pensé que T.F.1 pouvait écoper des deux mille francs et que peut-être un autre ami qui nous écoute pourrait fournir le champ, de préférence pas loin de *La Marette,* comme ça ma sœur pourrait continuer à le monter. »

Elle a débité ça d'un trait. Visiblement, c'était préparé. Les rires ont fusé par moments, mais se sont aussitôt éteints car, oui, ce sont bien des larmes sur ses joues. Et ces salauds en profitent pour la prendre en gros plan. Et elle est affreuse, ma sœur, quand elle pleure : son nez gonfle, il va couler. Mais soudain, comme si elle comprenait, toute l'assistance se lève, trépigne, hurle, crie : « Germain, Germain, Germain... »

Cécile les regarde, incrédule, et un sourire éclate sur son visage. Elle se met à crier plus fort que tout le monde en fixant ses yeux brillants sur Arthur qui a profité de la panique pour lui glisser son mouchoir dans la main.

Il lève les bras. Le bruit s'éteint.

« Pour les deux mille francs, c'est d'accord, dit-il. On paiera même quelques mois de pension si personne ne propose le champ. »

La salle hurle à nouveau. Cécile met le mouchoir d'Arthur dans sa poche, saute à son cou, perd un sabot. Papa sourit, maman a caché son visage dans ses mains; c'est idiot mais je crois que dans un bel ensemble, Claire, Bernadette et moi, nous pleurons.

« Joyeux Noël, petite Cécile, dit Arthur d'une voix barbouillée pas télégénique du tout.

— Joyeux Noël ! » dit Cécile.

CHAPITRE XIV

UNE CHANSON OU UN CHAMPIGNON

Il arrive qu'on sache à l'avance ce qui fera un souvenir. Cela peut être quelque chose de très insignifiant : un bruit, une odeur, un instant. Pour moi, le lointain grondement d'un avion dans le ciel, par un jour d'été, évoquera toujours, dans le jardin de ma grand-mère, les siestes au fond de l'herbe haute en suçant des branches de fenouil.

Que ce point argenté apparaisse et des odeurs chaudes affluent, des bourdonnements d'insectes. Je me disais avec crainte et ravissement : « Il y a des voyages ! » Je pouvais, par bonheur, remettre à plus tard, ma décision de les goûter.

Cette nuit du 23, le « Joyeux Noël » de Cécile, prenant sa place dans le souvenir, nous a tous empêchés de dormir. Cette nuit-là, si Cécile était rentrée à la maison, on aurait sûrement ouvert les paquets. Elle n'est rentrée que vers midi, le lendemain, à l'abri d'Aliette. Nous étions tous au salon où, dès le matin, on avait allumé du feu. Pour une fois, Claire était là !

Quand elle est apparue dans ses sabots trop grands, l'anorak cachant le corsage, on lui aurait toutes sauté au cou s'il n'y avait eu papa. On n'a pas osé à cause de l'explication du matin.

100

Il est rare que nos parents se disputent et je dois reconnaître que c'est presque toujours à notre sujet : ce qui prouve que les enfants ne sont pas forcément un lien entre les parents. Il paraît que si Claire ne pense à rien, si Bernadette ne pense qu'au cheval, si on ne connaît pas assez mes pensées et beaucoup trop celles de Cécile, c'est que « l'autorité » a manqué dans la maison ! Et lui, Charles, vraiment, il n'a pas le temps ! Il est débordé. L'autorité, il la dépense sans arrêt dans son métier pour convaincre les gens de se guérir, alors, chez lui, n'est-ce pas, il a droit au repos.

Maman ne répondait trop rien.

« Ce qui se passe, a-t-il conclu, c'est qu'au fond, tu approuves tes filles !

— Je dois reconnaître, a-t-elle dit d'une voix prudente, que chacune dans son genre, finalement, je les trouve à mon goût. »

Demeurons sur cette phrase !

Cécile est entrée et elle est allée droit à Bernadette qui semblait, ô miracle ! presque intimidée. Elle lui a remis une enveloppe marquée en bleu T.F.1. Alors, Bernadette l'a attrapée par la tignasse et serrée à toute force contre elle. « Faudrait pas me prendre pour Germain », a râlé la petite.

Papa a simplement déclaré qu'il ne dirait rien pour cette fois, mais désirait qu'une telle aventure ne se renouvelât point. J'ai pu sentir le soupir soulagé de Cécile. Claire a alors eu un geste magnifique : elle a allumé le sapin, les guirlandes clignotantes, les bougies : sa façon de dire bravo à la poison.

Dans l'enveloppe, outre le chèque de deux mille francs, il y avait la liste des gens qui avaient appelé pour proposer leur champ. A la grande surprise de Bernadette, elle y a retrouvé l'une des personnes à qui elle s'était adressée, en vain, avant l'émission.

« Arthur a dit, a déclaré Cécile, qu'on avait intérêt à agir vite parce que rien ne refroidissait plus vite qu'un bon geste. »

Elle a ajouté aussi que, bien qu'elle l'ait racheté, Bernadette pouvait continuer à considérer Germain comme sa propriété. J'ai senti là-dessous de futurs chantages. En donnant le chèque à papa, puisqu'il était fait à son nom, la poison a dit, non sans inquiétude, qu'elle lui faisait toute confiance pour le virer à l'ordre de Crève-cœur.

Aliette est restée pour le déjeuner. Maman et elle ont évoqué le bon vieux temps où elles n'avaient pas le droit d'aller dîner seules avec un garçon, où le flirt était considéré comme péché mortel, le pantalon déconseillé et les gros mots formellement interdits aux filles. Cela a semblé un peu ragaillardir papa. Cécile était proprement angélique. Ni coudes sur la table, ni remarques déplacées, poussant avec son pain, essuyant ses lèvres avant de boire, insistant pour que Claire prenne le croûton du pain.

Avant de partir, Aliette m'a invitée à un réveillon que donne sa fille France. Je viendrai la veille pour les aider à préparer le buffet et coucherai chez elles. Durant l'après-midi, on a reçu un coup de fil, d'une voix pincée. Par chance, c'est maman qui a répondu. L'aimable voisine et cliente du docteur déplorait qu'on laissât ainsi se donner en spectacle une fillette effrontée. Quel exemple pour ses enfants! Maman l'a poliment envoyée au diable. En raccrochant, elle a déclaré que papa ne la regretterait pas car il s'agissait d'une empoisonneuse. Le mot a semblé plaire à Cécile.

Le soir, Cécile et moi avons accompagné maman à l'église. C'est une église de campagne qu'on vient visiter pour sa simple beauté. Nous sommes restées au fond pour ne pas distraire ceux qui auraient pu voir l'émission, mais Cécile chantait si fort que c'était impossible de ne pas la remarquer. La messe a été très belle et très brève parce qu'il faisait froid. L'eau était gelée dans le bénitier. Je me souvins de ce que maman m'avait dit pour l'âme. De toute façon, même si on n'était pas sûr, cela valait de tenter le coup.

En rentrant, nous avons trouvé le couvert mis. Nous avons réveillonné tout de suite car, après ces émotions, tout le monde tombait de sommeil. Seule Claire aurait voulu attendre minuit. Elle est pour les traditions et, ne faisant rien de la journée, le soir n'est jamais fatiguée.

Quand tout le monde a été couché, Cécile est venue me voir. Je lui ai demandé si Nicolas était allé à l'émission avec elle. Elle m'a répondu « oui ». C'était lui qui avait eu l'idée. Et seule elle n'aurait pas osé. Elle m'a avoué être tombée amoureuse d'Arthur et pense qu'il n'a pas été insensible à son charme car il lui a dit « à bientôt ».

Comme je me réjouissais pour Germain, elle m'a répondu : « C'était ça ou un champignon. »

J'ai mis un moment à comprendre qu'elle parlait de Crève-cœur. Il y a des moments où elle me fait peur.

Que dire du 25 décembre ? Pour moi, c'était fini. Le plus beau cadeau avait été donné. Je ne ferai pas le détail des autres. Claire pour la coquetterie, Bernadette pour le cheval, moi pour le rêve et l'écriture, Cécile pour le jeu, Jean-Marc pour tout.

Le mystérieux paquet de Bernadette renfermait une pipe. Pas une pipe pour dame : une bonne grosse bouffarde de vieux fumeur, doublée d'écume. Elle l'a sentie, pesée, promenée entre ses dents. Elle avait l'air content. Papa vérifiait l'étiquette, prétendant qu'on s'était trompé de destinataire.

« Je ne vois aucun inconvénient à ce que tu m'aides à la culotter, a offert généreusement Bernadette. A condition qu'on se mette d'accord sur le tabac. »

Elle trouve trop sucré celui de Charles.

Le donateur était bien entendu Stéphane.

« C'est plus important que vous ne croyez, a-t-elle déclaré. On s'est disputé l'autre jour parce que j'ai fumé la pipe devant sa mère. »

C'est ainsi qu'on a appris que Stéphane l'avait présentée à ses parents. Maman a blêmi.

« Et toi, qu'est-ce que tu lui as donné? a demandé Claire.

— Une eau de toilette! Qui s'appelle *Manège...* »

Et elle rit! Elle rit! Avec Bernadette, la vie, c'est aussi une plaisanterie.

Cécile est allée avec papa porter ses souliers remplis à Jean-Marc qui, finalement, était rentré chez lui. Entre autres, elle lui avait acheté une cravate avec un motif phosphorescent. « Pour qu'il s'occupe en cas d'insomnie », a-t-elle expliqué. Je n'ai pas osé lui rappeler qu'on ne portait pas de cravate pour dormir. Ils n'ont, paraît-il, parlé que de Cécile à la télévision.

« Mais c'était pour donner le change, a dit Cécile. Il ne voulait pas me gâcher Noël avec sa mort. »

Et elle a ajouté : « Finalement, pour le choix, papa avait raison. Si j'avais pu demander à Arthur la vie de Jean-Marc, tu vois, j'aurais pas hésité; parce que lui, il sait! »

Le temps s'est soudain décidé pour le froid. Le très froid! Le trop pour de la neige. Les routes sont verglacées et tout est figé dans le silence.

France, la fille d'Aliette chez qui j'irai réveillonner, habite rue Christine, pas très loin d'Odéon. De sa chambre, on peut voir un morceau de Seine.

CHAPITRE XV

LES ÂMES DES MARINS DISPARUS

Au lustre du salon pend une boule de gui. On a empilé les meubles dans les chambres à coucher. Ne reste que la table sur laquelle est posé le pick-up entre ses haut-parleurs. Interdiction aux parents d'entrer dans la cuisine. Demain, on réveillonne!

Le buffet sera campagnard avec salades variées et tartes à tout. Boissons? Pas de whisky, trop cher pour le budget familial, mais deux tonnelets. Un de cidre, fait par un oncle dans sa maison de Normandie, un de vin commandé en Bourgogne.

Depuis ce matin, entre deux pâtes brisées, j'essaie toute la garde-robe de France. Elle a une robe à volants et manches gigot genre pionnière américaine que j'adorerais porter. La jupe longue et le corsage que Claire m'a prêtés lui plaisent énormément. On va changer!

Quel temps fait-il dehors? Parce qu'il y a un dehors? Ça existe, ces champs tristes écrasés par l'hiver? Ces rues grises pleines de têtes d'enterrement? Dehors, connais pas! Connais les lumières, les rires, la fête qui se prépare comme une pièce montée, la barbe bouclée d'André, mari d'Aliette et père de France, professeur d'anglais, dans laquelle on pique dix fois dans la journée pour obtenir l'autorisation d'allumer un feu dans la cheminée du salon. On veillera aux braises, étincelles, effrondrement de bûches. Avec un feu, plus besoin d'éclairage ! Comment peut-il hésiter ? Ça lui fera des économies d'électricité !

Il y aura Alain, Paul, Bruno, toute la bande. Et quelques autres que je ne connais pas. Ce sont ces quelques autres qui m'intéressent. Qui seront-ils ? Leur plairai-je ? En épluchant les olives, je distribue des visages. Je commence la soirée. Je suis dans un coin du salon, non loin du feu, et la flamme anime doucement mon teint. Je regarde dans le lointain. J'ai l'air intéressant. Et puis quelqu'un s'avance, quelqu'un de beau qui me comprend déjà ! Et le voyage commence. Quand m'arrêterai-je ? Qui m'arrêtera ?

-Ce soir, dans la chambre que je partage avec elle, France me parle d'Alain. Il a vingt ans et il est en seconde année de médecine. Ils s'aiment.

« Vraiment ?

— Si tu veux savoir si on couche ensemble, alors vraiment ! » dit France.

Elle me regarde avec gaieté.

« Ne t'en fais pas toute une histoire. Ce n'est pas du tout comme au cinéma. Les soupirs, les plaintes, tu n'es pas obligée.

— Quand... le faites-vous ?

— Dans la journée, chez lui. Ou ici le soir, quand les parents sortent. »

Je regarde son lit étroit. Je n'ose demander où.

« Et ça ne te gêne pas ?

— Qu'est-ce qui me gênerait ?

— De l'amener ici sans qu'ils sachent. »

Elle rit.

« Mais ils savent ! Je leur ai dit.

— Et alors ? »

Mon cœur bat. Il me semble, bizarrement, être attaquée.

« Ils préfèrent ici à n'importe où, et avec un seul

qu'avec dix. J'ai entendu maman le dire à papa. Pour finir, ils se sont congratulés. Je suis une jeune fille rangée 1976 ! Ils vivent avec leur temps. »

J'entends, comme elle disparaît sous les draps, son soupir de bien-être. J'ai du mal à l'imaginer dans les bras de son Alain. Elle n'a pas changé pourtant ! Son corps a l'air intact. Elle a toujours la même façon de répandre partout ses vêtements et, avant d'entrer au lit, de venir dire bonsoir aux photos de petite fille sur la cheminée. Bonsoir. Pas au revoir.

On a dédoublé le lit et j'ai choisi le matelas par terre. Ça sent le tapis mais ce n'est pas désagréable. Je découvre les pieds de la commode, les franges du fauteuil, le bas du rideau, le monde d'en bas.

La lumière éteinte, je reste toute droite, toute raide, comme les statues sur les tombeaux des morts.

Et moi ? Moi qui n'ai encore jamais fait l'amour. Qui ai peur et hâte à la fois. Moi qui rêve. Est-ce que je vis avec mon temps ?

« Vite demain ! » dit France.

Oui, vite demain !

Avec la robe pionnière, ce sont les sandales qui vont le mieux. On en a retrouvé une paire dans les affaires d'été. Il y avait encore quelques grains de sable au fond et le cuir est rêche parce qu'elles sont allées dans la mer.

J'y glisse mes pieds nus. J'ai essayé de me faire un chignon à l'ancienne, remonté sur la tête avec boucles folles et frisons sur l'oreille. Désastre complet ! Mes sourcils font gendarme et j'ai l'air d'avoir deux balles de ping-pong dans les joues. Je laisse tomber le tout. Aliette propose de nous farder un peu car nous avons, dit-elle, des teints d'écolière. André me fait la cour. Il m'assure que les hommes à barbe ont un charme tout particulier.

Puis ils partent : « pour un réveillon de croulants »,

disent-ils, nous avertissant qu'ils ne rentreront pas tard et que nous ne sommes pas majeures. « Gare au feu et aux cowboys », recommande André.

A huit heures, j'appelle *La Marette*. Bien entendu, c'est Cécile qui répond. On a toujours l'impression qu'elle vit la main sur l'appareil.

Elle me raconte avec volupté qu'il y a eu un drame à propos de la tenue de Bernadette invitée chez Stéphane à une soirée habillée. Notre cavalière ne voulait pas entendre parler de robe. Maman, cherchant sans doute à rattraper le coup de la pipe, disait que la moindre des politesses exigeait qu'on ne se mît pas en tous les jours. Elles ont transigé pour une jupe-culotte et des mocassins.

Claire va chez des amis. Dans un moment, les parents emmèneront Cécile souper avec spectacle. Elle appréhende le baiser de minuit qui sera plein de tendres conseils auxquels elle n'aura pas le cœur de dire non.

Maman vient à l'appareil me souhaiter une bonne soirée; et comme elle ajoute, un peu timidement : « Sois sage », j'entends résonner le premier coup de sonnette !

On appelle ça « avoir du succès » ! Je n'arrête pas de danser. Paul, Christian, Bruno et les autres. Le cidre, âpre à souhait, sent bon la pomme. Les tartes maison s'arrachent. L'ambiance est excellente. Un inconnu nommé Jérôme, ami de l'Alain de France, a jeté son dévolu sur moi. Depuis quelques danses, il ne me lâche pas.

« Vous allez au lycée à côté? On pourra se faire un cinéma un de ces jours ! J'aime votre robe... France m'avait parlé de vous. »

Il parle plat. Sa bouche s'approche trop. Une rigole de sueur descend dans son col. Son genou insiste désagréablement entre mes genoux par bonheur défendus par une bonne épaisseur de tissu molletonné. Je serre instinctivement les cuisses et les lèvres. France passe, encastrée dans Alain, bouche contre bouche, yeux mi-clos. Un couple est enlacé devant la cheminée. Onze heures seulement.

Et cela s'abat d'un coup sur moi! Soudain, je suis seule, complètement. La musique joue dans le lointain; ces gens sont étrangers et moi aussi qui accepte leur jeu. Ce n'est pas de cette façon que j'ai envie de passer dans l'année prochaine. Je ne suis pas bien ici. C'était mieux quand je rêvais cette soirée en dénoyautant des olives et essayant des robes. Mieux hier, sur mon tapis, quand France a éteint et que je me suis sentie si pressée.

Une envie profonde, douloureuse, comme de respirer, s'empare de moi : me retrouver à *La Marette*, écouter les bruits de la maison, sentir mon jardin même anéanti par l'hiver. Je n'irais pas trouver maman mais je la saurais là. Je saurais que rien n'est changé et que j'y ai ma place et que tout peut arriver.

Mais à cette envie se mêle l'angoisse : suis-je destinée à être sans arrêt déçue? Ai-je vu passer trop de beaux chevaliers? Il y a toujours eu pour moi des portes secrètes; un bouton supplémentaire dans les ascenseurs pour me mener au paradis, une station de métro après le terminus à moi seule réservée. Mais c'était de mon lit tout ça. Et quand je me dis que tout peut arriver, c'est le drap sur le nez. Et Pierre a bien raison : j'ai peur et je me cache; et j'attends quelque chose qui peut-être n'existe pas.

Jérôme m'éloigne de lui, me regarde sans sourire. Aurait-il compris mon désarroi? Mais non! C'était pour me serrer encore plus fort, et quand sa bouche humide s'appuie contre mon oreille, j'ai un recul de tout le corps. Je déteste. Il s'écarte, vexé. Onze heures trente. Il me montre le gui. Dans une demi-heure on éteint tout et on s'embrasse! Je ne perds rien pour attendre!

Et alors, je ne sais comment, je me retrouve dans la rue. Il fait très froid et clair comme en plein jour. Des lumières partout. Beaucoup de monde. Un mystère suspendu.

Dans les vitrines éclaboussées de blanc, de grosses lettres dansent annonçant « *Réveillon* ». Réveillon. Réveillons. Ces lettres me poursuivent. Réveillons-nous. Réveille-toi. J'évite des groupes qui me semblent trop joyeux. Je change de trottoir. Je cherche une rue plus calme. Je me sens drôle avec mon duffle-coat sur ma robe de pionnière, perdue, vulnérable, réveillée, oui, en sursaut, d'un rêve de dix-sept ans. Enfant déguisée en femme. La rangée de photos sur la cheminée de France me poursuit. J'y suis. Je suis sur la plage, faisant des pâtés de sable. Je suis entre mes parents, leur tenant la main. Je m'aperçois que je serre dans ma poche, de toutes mes forces, la clef de *La Marette*. Claire, Bernadette, Cécile, venez ! Si j'avais ma mobylette, je rentrerais.

Je ne prétendrai pas que c'est un hasard si je me retrouve en bas de la maison de Pierre. Mais, en un sens, c'est lui, la cause de tout. Il a ouvert une brèche, un jour, comme ça. C'était facile. « De quoi avez-vous peur ? Pourquoi vous cachez-vous ? » Les paroles de maman qui m'avaient rassurée sont trop loin. Et puis, il y a eu aussi : « Tu m'as manqué. C'était merveilleux... »

Je lève le nez. Là-haut, c'est son atelier et il est éclairé. Alors une grande émotion me soulève. Ce doit être le cidre ; j'en ai quand même bu plusieurs verres ; il faisait atrocement chaud et, finalement, le feu, c'était une erreur. Personne n'en profitait vraiment. Un feu, cela doit se contempler. Presque se prier. Sinon, ce n'est pas la peine. Je m'oblige à réfléchir. Que se passe-t-il si je monte ? La femme de Pierre dont j'ai oublié le nom est aux sports d'hiver avec leur fille et Béa. Mais cela ne veut pas dire qu'il sera seul. Il va ouvrir la porte et il y aura de la musique ! Des gens ! Qu'est-ce que je dirai ? « Je passais... J'en avais assez des fêtes... j'ai vu votre lumière... » Que répondra-t-il ? Et s'il est seul avec une femme ? Rien ne l'en empêche ! Il n'est même pas marié. Il vit avec son temps, lui !

Je pousse la porte cochère. S'il est avec une femme, tant pis ! Ou même tant mieux ! Je serai fixée. J'entre avec une sorte de rage. Tant mieux, oui ! J'ai du mal à trouver la lumière. La maison dort.

Marches blanchies, murs écaillés, rampe râpeuse. Que ce soit ou non une nouvelle année, qu'est-ce que ça change ici ? Et qui est cette fille ridicule, en robe de pionnière qui monte, de plus en plus doucement, les six étages ?

Oui, il va ouvrir et derrière son épaule je verrai une femme. « Se profilera » une femme, dirait-on dans mes livres. Grande, beau décolleté, parfums, assurance, contraire de moi.

C'est sa porte. Je sonne.

S'il n'avait pas ouvert tout de suite, je crois que je me serais sauvée car ce coup de sonnette me réveille.

Mais il a ouvert, d'un grand geste d'accueil.

« Pauline ! Mais qu'est-ce que vous faites là ? »

Il était comme les autres fois : vieille chemise délavée, espadrilles, cheveux gris en désordre et l'air pas du tout jeune. Plus vieux que dans mon souvenir.

Je ne pouvais rien dire. Le soulagement était trop brutal. Comme il avait ouvert cette porte ! J'avais du plomb dans la gorge et mes jambes tremblaient.

Il a tendu la main.

« Venez ! »

Il lui a fallu les deux pour me faire entrer. Nous étions seuls dans l'atelier. Je suis allée vers le poêle qui ronflait, vers les tableaux, la mer, la vase, les bateaux morts, les rochers, la tempête. J'étais pleine de reconnaissance et d'émerveillement. Je ne pensais pas avoir tout si bien retenu. J'avais envie de rire en reconnaissant des détails : cette mouette sur cette épave, le toit de cette maison, cette nappe de genêt.

J'ai bredouillé : « Un réveillon, la solitude... et votre lumière, ici. Voilà, je suis montée, comme ça. »

111

Sur sa table à dessin, il y avait des esquisses de bateau. Il s'est placé derrière moi, une main sur mon épaule.

« Les vieux bateaux, a-t-il dit, et son visage était si près du mien que je sentais de l'électricité dans ma joue, on devrait leur rendre les honneurs, les décorer, les léguer en grande pompe à la mer et aux crabes. Leur bois a connu tant d'histoires ! Et sais-tu que les oiseaux qui s'y posent sont les âmes des marins disparus ? »

Je regardais les coques, les os, les ventres de ces bateaux, leurs rêves brisés. Je me sentais légère et douce ; une brume au-dessus d'eux. Je n'aurais jamais cru pouvoir tirer tant de bonheur de quelques traits, de quelques mots.

Puis il m'entraîne sur le canapé : « Veux-tu boire ? » Je dis « non », et que j'ai déjà beaucoup bu, ce qui le fait me regarder d'une drôle de façon. Je remarque que son atelier est mansardé, comme ma chambre à *La Marette*. Je le lui annonce. Il me répond que, justement, il aimerait bien connaître ma chambre. Il a essayé de la dessiner, à partir de moi. Il s'en fait une idée très particulière.

« Pourquoi avez-vous dit que j'avais peur et que je me cachais ? »

Il sourit à mon ton de rancune.

« Ce n'est pas vrai ?

— Je ne sais pas. »

Il pose sa main sur la mienne.

« J'ai apprivoisé un oiseau. Il vit dans la gouttière. Il avait peur de tout. C'est fini. Il tape à mon carreau avec son bec. Je ne voulais pas vous blesser. Je crois que nous en avons parlé, un jour. C'était une réaction agressive en face d'une petite fille protégée. »

Et c'est alors que je m'entends dire, alors que vraiment je n'y ai pas pensé avant, pas une minute !

« Pourquoi ne m'avez-vous pas appelée ? »

Son regard change, s'éloigne. Je suis stupéfaite. J'ai

frappé sur quelque chose. Il y avait une raison à ce silence; ce n'était pas l'oubli ou l'indifférence. Mais au lieu de répondre, il se penche, s'exclame. Je regarde aussi. Ce sont mes pieds. Ils sont bleus.

« Mais tu es folle! »

Il retire mes espadrilles et prend mes pieds sur ses genoux, ce qui me fait basculer en arrière. Il les enferme entre ses mains, les presse, les frotte, souffle dessus. C'est vrai qu'ils ont l'air d'avoir froid. J'ai mal quand la chaleur revient.

« Je les peindrai sur une plage, dit-il. Je les cacherai sous un rocher. Je les vêtirai d'algues. Je les confierai aux poissons. Fais-moi une promesse, Pauline, jamais, jamais de rouge sur ces ongles! Est-ce qu'on peint des coquillages? »

Une chaleur m'envahit. Je ferme les yeux. Les coussins sentent le vieux tissu de velours qu'on trouve dans les malles, au grenier. Il dit d'une voix très douce : « Bonne année. » Je regarde ma montre. Ça y est! Là-bas, ils sont tous en train de passer sous le gui. Toute la France passe sous le gui. J'ai envie de rire. Cela m'attendrit. Décidément, le cidre! Il met ses mains sur mes épaules et me tourne vers lui. « Bonne année! » Et alors ça commence. Au centre de moi quelque chose qui tourne et m'entraîne. Et je monte. Ce moment, sur la balançoire, très haut, juste avant de redescendre. Là où, le cœur aux lèvres, on crie « pas plus haut! ». Je ne sais pas si c'est douloureux. C'est un vide, une attente. Je regarde la bouche de Pierre et c'est deux fois pire : plus haut, plus vertigineux. J'approche mes lèvres.

Il m'était arrivé d'embrasser des garçons : sans plaisir. Souvenir mouillé, gênant. Obligation de se défendre, tout de suite, de mains qui cherchent.

Les mains de Pierre serrent mes épaules. Ses lèvres n'appuient pas fort les miennes. Sa langue est douce, très légère, très tendre. C'est un départ, c'est un voyage, c'est d'une bouleversante douceur. C'est une soif qui monte. C'est un élan de tout moi-même. C'est trop. Je m'entends le soupirer quand il s'écarte.

Il me regarde. Je veux revenir. Je veux qu'il m'embrasse encore. Il me dit : « Ma chérie, ma chérie, calme-toi ! »

Et je m'aperçois que je suis dans mon duffle-coat parce que je sens la meurtrissure des boutons de bois rentrés dans ma poitrine quand il m'a serrée contre lui. J'ai envie qu'il voie ma robe de pionnière américaine. Je me lève et laisse tomber mon manteau à mes pieds. Voilà, monsieur ! Je ne suis pas en jean et chandail à col roulé. Je ne me cache pas. Je n'ai pas peur. Admirez !

Il me regarde. Sa main vient vers le col, descend le long de la manche gigot, retombe. J'ai fermé les yeux. Je suis saisie d'une grande fatigue. J'ai envie qu'il me prenne dans ses bras. J'ai froid sans lui, je suis vide, je suis rien, je suis tout à l'heure chez France.

« Pauline, dit-il. Il faut que tu t'en ailles. »

C'est comme une gifle. J'ouvre les yeux. Son visage a changé. Il y a sur ses traits quelque chose de défait et de dur qui devrait me faire peur mais m'attire : une défaite. Une victoire pour moi. Il me tend mes sandales. Il ramasse mon manteau et, sans un mot, m'aide à le revêtir.

Je suis morte de honte, glacée. Je le déteste. Pourquoi m'avoir ouvert ? Pourquoi m'avoir parlé des âmes des marins disparus ? Il met la main sur mon épaule et me pousse vers la porte. Je sens comme une colère dans ses doigts. Il me dit : « As-tu ta clef pour rentrer ? »

Je la sors de ma poche pour la lui montrer. Tous les mots sont bloqués dans ma gorge. S'il en sort un, c'est la débâcle.

La porte se referme. Je suis seule dans l'escalier. Je ne veux pas parler de rien après.

CHAPITRE XVI

MORT D'UN POMMIER

Ce matin, 3 janvier, un pommier est tombé dans l'allée. On s'en est aperçu au moment de prendre le petit déjeuner. Etendu sur le gravier, il barrait le chemin entre le garage et la grille.

« C'était donc ça, le boucan de cette nuit », a dit Cécile.

Nous nous sommes tous retrouvés, en vêtements de nuit, autour de la victime. Ses racines étaient courtes et rongées; dans le trou, il y avait comme de la moisissure. Papa s'est accroupi. Quand il l'a touché, le bois s'est effrité entre ses doigts.

« C'est incompréhensible, a-t-il dit en considérant les cinq autres pommiers, en pleine santé. Le sol est le même, l'exposition aussi; et celui-là était complètement pourri !

— Comme Jean-Marc », a dit Cécile.

L'arbre était trop lourd pour qu'on puisse, même en s'y mettant tous, dégager le chemin. Papa a un dos comme un vieux mur fêlé, il le dit lui-même, et en le voyant se baisser, maman, de la fenêtre de la cuisine, poussait des cris préventifs. Il nous a regardées avec rancune.

« Je veux bien le laisser là si vous me dites comment j'irai travailler ! »

Nous avons compris qu'il était triste pour l'arbre et Bernadette a eu l'idée d'appeler le voisin à la rescousse. M. Tavernier, surnommé « Grosso-modo » parce qu'il le dit tout le temps, est retraité de la mercerie. Sa maison, dans la même rue que la nôtre, est entourée, ou plutôt posée dans un jardin qui ressemble à un napperon brodé sur lequel il aurait essayé toutes les sortes de points.

Il est arrivé sur son mini-tracteur et son air modeste montrait son plaisir et sa fierté. Il a refusé toute aide. « Pas vous, docteur ! Gardez vos mains pour vos malades »... On l'a regardé ligoter le pommier avant de le remorquer jusqu'au bûcher, ses racines laissant des traces sur le gravier comme les sabots d'un animal mort.

Dans la terre bouleversée, de gros vers s'affolaient. « Des lombrics ! » s'est écrié Cécile en s'empressant de les recouvrir, ces animaux détestant, paraît-il, la lumière. Elle s'est fait un plaisir de nous apprendre que le hic avec eux était qu'on discernait mal l'anus de la tête ; lacune comblée par le fait, a conclu notre scientifique, que les lombrics jouissaient d'un sexe double.

Bernadette a reçu l'autorisation de tronçonner le pommier avec la scie électrique. Elle aime ce genre de travail et j'imaginais l'odeur du bois frais, la tendre sciure.

Grosso-modo a accepté de venir prendre un café et nous nous sommes tous retrouvés autour de la table de la cuisine. La princesse, bien sûr, n'avait pas fait long feu au jardin. Une odeur de pain grillé montait de la serviette ; toute chaude quand on y posait la main. Notre voisin a expliqué que c'était son second petit déjeuner. Bien que retraité, il se lève tous les matins à six heures pour garder la forme.

« Si vous voulez mon avis, a-t-il dit, la fin de tout, c'est, grosso-modo, les grasses matinées. »

Inutile de dire que Claire n'a pas manifesté.

Revigorée par son cacao glacé et sans doute inspirée

par la mort du pommier et la présence du voisin, Cécile s'est livrée sur nous à un interrogatoire inattendu.

« Vous rentrez chez vous. Ça sent le gaz. Vous n'avez pas encore ouvert la porte d'entrée, qu'est-ce que vous faites ?

— Je redescends appeler les pompiers », a répondu Claire qui n'a jamais aimé les risques.

Cécile s'est tournée vers elle en se léchant les lèvres.

« Dedans, y a ton fils et pas une minute à perdre !

— J'entre.

— T'es morte, a triomphé la poison. Tu as gardé tes souliers; il y a du fer au bout; le fer conduit l'électricité. Explosion !

— Moi, j'ai retiré mes souliers, est intervenue Bernadette. J'entre et j'appelle les pompiers.

— Caput ! dit Cécile. Touche seulement le téléphone et tout saute. »

Grosso-modo avait l'air impressionné. Il a effleuré le coude de papa.

« Ils en savent des choses, maintenant ! »

Papa a acquiescé modestement. Je ne pense pas que M. Tavernier soit un fervent de l'émission « Des notes et des chants », aussi la science de Cécile était-elle neuve pour lui. Depuis le 23 décembre, le monde se partage en deux : ceux qui ont vu et les autres.

« Moi, j'appelle personne, ai-je dit. Je retire mes chaussures avant de rentrer, je prends mon fils sous les aisselles et je le tire vite dehors.

— T'es morte, a dit Cécile. Après avoir retiré tes souliers, il fallait fermer le compteur. Le réfrigérateur se recharge et tout explose !

— O.K., a dit Claire. Je suis morte, mon fils aussi, la baraque a explosé, c'est réglé ! Maintenant, est-ce qu'on peut déjeuner tranquillement ? »

Cécile a eu un sourire condescendant et s'est rabattue sur moi.

« C'est pas un gazé mais un brûlé que tu trouves en rentrant chez toi, qu'est-ce que tu fais ?

— Je l'enroule dans une couverture.

— Réponse classique débile, dit Cécile. La couverture seulement s'il fume. S'il est éteint, tu n'y touches pas.

— Ne pourrait-on trouver des sujets plus gais pour commencer la journée ? a proposé maman en adressant au père Tavernier un sourire rayonnant, preuve d'une famille en bonne santé mentale.

— On peut le dire, mais, grosso-modo, ils ont l'esprit ouvert, a constaté l'invité, sa tartine en suspens, l'appétit apparemment coupé.

— Où as-tu trouvé tout ça ? a interrogé papa.

— Dans le manuel du secouriste ! »

Et Cécile ajoute, les yeux sur son ongle de petit doigt, le seul qui ne soit pas rongé parce qu'elle l'a, en grande pompe, offert à maman : « Malheureusement, pour le cancer, j'ai rien trouvé ! »

Bernadette a tronçonné l'arbre cet après-midi en rentrant du manège. Elle avait réquisitionné Stéphane à qui elle avait octroyé une vieille canadienne de Charles pour qu'il n'abîme pas son beau manteau de chasse. Il chasse !

Ils sciaient chacun à leur tour et, du salon, je les entendais rire. Le rire de Bernadette plus haut, plus franc; celui de Stéphane réservé. Quand ils sont revenus, leur travail terminé, je leur ai demandé ce qui les rendait si gais.

« On s'amusait à scier Crève-cœur, a expliqué Bernadette. Le doigt de pied, le bout du nez, ce que tu penses... Mais, scié, il l'a rudement été quand je lui ai donné le chèque ! J'aurais voulu que tu voies sa tête. »

Par bonheur, cet ancien militaire vit en reclus et ignore la télévision...

Claire avait préparé le thé. Nous l'avons pris longuement près du feu. Stéphane semblait se plaire. Il nous a raconté qu'il avait juste un frère. Nous l'avons plaint. J'aimais la façon dont il regardait Bernadette; le visage éclairé comme par une découverte. Cela lui donnait

118

plus de prix encore pour moi. Soudain, j'ai pensé qu'un jour elle nous quitterait et je n'ai pas pu y croire.

Nous avons eu droit à une grande entrée de Cécile, destinée à porter un coup fatal au cœur de notre invité. Jupe mini, blouse échancrée, insigne de la paix, collants vert d'eau. Cécile cherche automatiquement à séduire tout ce qui est masculin, que ce soit ou non bien d'autrui. Elle riait faux, prenait des mines de cinéma et en faisait tant que Stéphane, impressionné, lui a offert une cigarette. Elle a écarté le paquet : « J'ai décidé d'arrêter de fumer ! »

Je l'aime ! J'aime son regard, sa voix, ses rides, ses cheveux gris, son enfance sans fête, sa main sur ma nuque, sa main sur mon épaule, sa façon de dire bonjour, sa façon d'ouvrir les portes; et ses lèvres... ses lèvres...

L'élan qui m'a poussée vers lui, ce vertige quand il m'a embrassée, il suffit que je prononce son nom pour le ressentir à nouveau. Pierre.

J'ai eu peur en voyant ses tableaux; pourtant, j'y suis entrée. C'est une tempête. C'est l'inconnu. Je l'aime malgré moi, sans comprendre, comme on est emporté.

Je l'aime et ne le reverrai pas. « Une petite fille protégée »... voilà ce que j'étais pour lui. Je me suis jetée à sa tête. J'ai tout gâché. Il m'a mise à la porte.

Sa femme a dû rentrer aujourd'hui. Demain, je retourne au lycée.

CHAPITRE XVII

LE MÉTIER DE « PLOMBIÈRE »

Front soucieux de maman. On l'a appelée ce matin, très tôt, de Bourgogne. Grand-mère est malade. Au début, une simple grippe; mais la fièvre refuse de tomber. Grand-mère est âgée, fragile; à chaque fois on a peur.

Quand j'étais petite, je croyais qu'elle avait toujours été vieille. J'imaginais qu'une grand-mère naissait grand-mère, avec des cheveux blancs, des vêtements sombres et des airs doux. Tout exprès pour embrasser, transporter dans les poches de ses tabliers des gâteaux ou des bonbons, et tracer en même temps que le baiser du soir une petite croix sur le front des enfants.

C'est sa bague qui m'a fait comprendre qu'elle aussi avait été jeune. Un anneau d'or avec une perle que sa mère lui avait offert à quinze ans. La perle, opulente à l'origine, rétrécissait et jaunissait avec les années, comme grand-mère. On aurait dit qu'elle n'avait plus assez de jeunesse pour alimenter celle de son bijou. J'ai bien souvent caressé du bout de l'index cette goutte vivante soudée à son doigt. « Elle mourra avant moi », disait grand-mère avec une sorte de méchanceté, elle qui n'était jamais méchante; comme s'il y avait eu un pari entre elles.

Grand-mère parlait aussi beaucoup de Dieu. En fait,

il ne la quittait pas, et, quand elle s'adressait à lui, elle tournait toujours la tête de côté, le côté du cœur, comme pour qu'il l'entendît plus facilement.

Papa a insisté pour que maman prenne le premier train demain. Après dîner, nous la regardons, Cécile et moi, remplir son sac de voyage.

« Est-ce que grand-mère a peur de mourir ? » interroge Cécile en surveillant avec un mélange de défi et d'appréhension la réaction maternelle.

Maman reste calme : « Elle n'a jamais craint la mort, mais elle dit qu'elle ne voit pas d'inconvénient à la faire attendre encore un peu.

— Est-ce que tu pleureras ? insiste Cécile, ignorant mes signaux.

— Tout le monde pleure sa mère.

— Même si elle n'a pas été gentille ?

— Peut-être même davantage. Parce qu'on sait que cette fois c'est fini ! On ne pourra plus en espérer d'amour. »

Cela fait réfléchir la poison un moment. Pas longtemps.

« Est-ce qu'on manquera la classe pour aller à l'enterrement ? »

Cette fois, c'est trop ! Je la pousse dehors.

« Tu n'aurais pas dû, dit maman. C'est à cause de Jean-Marc. Elle apprend la mort. Je crois que, de nous tous, c'est elle qui pense le plus à lui. »

Maman partie, la maison entre en hibernation. C'est un corps en attente de son âme. Rentrer et se dire : « Elle n'est pas là », même si on ne courait pas obligatoirement la voir, c'est rentrer n'importe où. Quelque chose se reforme autour de Bernadette, qui en profite pour gendarmer.

Ce soir, au dîner, seul au milieu de ses quatre filles, papa a soudain l'air plus d'un ami que d'un père. Il nous parle, ce qui est rare, de son métier. « Une maladie de plus en plus fréquente, explique-t-il, c'est la maladie de la ville. » Elle se traduit par la solitude et la frénésie. On ne connaît plus le coude à coude. On ne sait plus s'arrêter. Par exemple, un magasin important a brûlé à Paris avant-hier et, quelques heures après, deux incendies similaires éclataient en deux autres points de la capitale. Ce n'est pas, à son avis, de la malveillance. C'est, qu'un instant, dans la catastrophe, des gens ont été au coude à coude, qu'ils ont communiqué, participé à un même événement, trouvé du bonheur. Alors, l'un d'eux, pour goûter à nouveau à cela, est allé vite créer un nouveau foyer. Une façon de crier : « Je suis seul, personne ne me voit, au secours ! »

« Donner de soi-même, conclut papa en regardant du côté du Claire, c'est le plus sûr moyen de n'être pas seul !

— Alors je me ferai missionnaire, déclare Cécile. Je soignerai les lépreux et les squelettiques. »

On a vu l'autre soir à la télévision un film avec une ravissante héroïne sous le voile. Tout le monde en était amoureux. Cela a beaucoup impressionné la poison.

« Peut-être devrais-tu auparavant te renseigner sur ce que tu apporteras aux malheureux qui s'adresseront à ton irrésistible personne, dit Claire d'un ton princesse.

— Le bonheur ! dit Cécile. Je leur dirai : « Secouez-« vous, la vie est belle ! »

— Cela fera un plaisir fou aux lépreux », dit Claire.

Cécile hausse les épaules.

« A propos, enchaîne-t-elle, Marie-Agnès a décidé de se faire plombière.

— Avec ou sans fruits confits ? » ironise Bernadette.

On explique au monstre blessé le vrai sens de ce mot.

« Alors comment dit-on pour une femme plombier ?

— Une femme plombier, je suppose, dit papa. Mais je ne suis pas certain que ça existe. Qui t'a raconté ça pour Marie-Agnès ?

— Elle ! dit Cécile. Je lui ai demandé ce qu'elle ferait

après Jean-Marc. Alors elle m'a dit : « Je vais continuer. » Elle n'a pas de quoi rembourser les dettes; c'est la seule façon : amortir le matériel. Elle suit des cours du soir en cachette. »

Papa semble très songeur.

« Elle ne m'en avait pas parlé.

— Ultra-secret, recommande Cécile. Si Jean-Marc s'en doutait, il lui défendrait.

— Chapeau, dit Bernadette. Voilà une femme! »

Recroquevillée au fond du fauteuil de maman, la princesse fixe obstinément le feu. Depuis le début de la soirée, elle semble mal à l'aise. Elle nous regarde comme si on l'attaquait.

Le bois fume avec un bruit mouillé. Je reconnais les branches du hêtre qu'on a élagué au printemps dernier. L'hiver prochain, on se chauffera au pommier. Le sujet revient sur Marie-Agnès.

« C'est courageux de sa part, admet papa, mais il n'est pas certain qu'elle réussisse.

— Pourquoi? se rebiffe Cécile.

— Ce n'est pas un métier de femme.

— Et qu'est-ce que c'est qu'un « métier de femme »?

— Un métier dont les hommes ne veulent pas, tranche Bernadette. Et évidemment, tous ceux concernant l'éducation des têtes blondes, les soins du linge et de l'estomac délicat de ces messieurs les papes! »

Papa fixe sa puînée comme toujours; avec un mélange d'étonnement et de fierté.

« Entre Stéphane et toi, je me demande bien qui est le pape, dit-il avec malice.

— J'espère bien ni l'un ni l'autre, dit Bernadette. Nous respectons mutuellement nos goûts.

— Et admettons, poursuit papa d'un ton prudent, que tu aimes un homme qui n'ait pas envie de voir sa femme s'occuper de chevaux...

— J'attendrais que ça passe.

— Les chevaux ou l'homme? demande Cécile.

— L'homme, bien sûr! »

— Et s'il aime les chevaux mais fait son métier en ville, insiste la poison. Comme Stéphane par exemple ! Sans allusion !

— Il pourra aller à son bureau à cheval, dit Bernadette avec humour.

— En tout cas, déclare Cécile, j'aimerais mieux être femme plombier que pompeuse. J'en ai vu une à Esso aujourd'hui, un client lui disait que ses draps devaient sentir le super ! Moi, ça m'aurait pas plu. Elle, elle avait l'air contente. »

Bernadette pouffe.

« On dit « pompiste », dit papa d'un air gêné.

— C'est mon jour, décidément, soupire Cécile.

— Pour en revenir à Marie-Agnès, dit Bernadette, je ne vois pas pourquoi elle ne réussirait pas. Si c'est une question de force physique, elle écrase un tas d'hommes; et déboucher un lavabo, installer un chauffe-eau, c'est une question de pratique. Elle aidait déjà souvent Jean-Marc.

— C'est elle qui a fait presque complètement la fosse septique des Grosso-modo, triomphe Cécile. Je l'ai vue transporter des cailloux comme ça, et il paraît que c'est la plus chouette fosse du quartier. Même que les gens se téléphonaient pour se dire qu'à leur âge les Tavernier ne l'amortiraient pas et que c'était du gâchis.

— D'autant que ce n'est pas remboursé par la Sécurité sociale, blague Bernadette.

— Chacun choisit son luxe, murmure Claire, qui est très délicate en ce qui concerne ces problèmes et rince toujours avant de faire quoi que ce soit pour ne pas qu'on devine.

— Je n'ai jamais dit qu'elle ne pourrait pas apprendre, dit papa, ni même se débrouiller honorablement. Ce que je crains, c'est qu'elle n'ait guère de succès.

— Parce que c'est une femme ?

— Ecoutez ! dit Charles, et on voit qu'il est un peu agacé d'être tellement minoritaire. Pour certains métiers, les femmes elles-mêmes font plus volontiers confiance aux hommes. Je pense aux chirurgiens. C'est comme ça !

— Il ne faut pas que ce soit comme ça, dis-je. Il faut leur montrer qu'on peut faire aussi bien.

— C'est parlé, Paul, approuve Bernadette. On leur montrera. »

Je me sens tout à coup la force de devenir un chirurgien de génie. Il suffirait qu'on me regarde d'une certaine façon.

« Je m'excuse, intervient Cécile. Mais je suppose que c'est encore une histoire de phallocrates.

— Elle est quand même curieuse, cette petite, remarque Bernadette. Pour lui faire retenir un mot de ses récitations, c'est le diable, mais il y a des choses qui rentrent toutes seules ! Il y a de ça, en effet, ajoute-t-elle avec un sourire.

— Alors parce qu'ils sont nés avec un machin et nous pas, ils ont le droit d'être plombiers ? C'est trop fort », s'indigne Cécile.

Papa ne peut s'empêcher de rire. Cécile le fixe d'un air sévère.

« Dans ma classe, les filles qui ont de la poitrine ils n'en veulent plus au foot ; et moi ça me fait chier parce que les deux m'intéressent.

— Ce n'est pas en parlant comme eux que tu acquerras les mêmes droits, dit papa, c'est en formant une équipe de foot qui battra la leur et leur donnera envie d'en faire partie.

— Je verrai ça avec Nicolas », conclut Cécile.

Le téléphone sonne. Maman ? Cécile y est déjà.

« C'est de la part de qui ? »

Elle se tourne vers moi. Me tend l'appareil.

« Pour toi ! Un type qui s'appelle Pierre. »

CHAPITRE XVIII

LA MER EN PANNE

I<small>L</small> me dit : « Je me suis battu contre moi pendant deux jours. » Il me dit : « Je n'ai pas pu travailler. La mer est en panne. » Il me dit : « Tu as gagné. »

Je serre l'appareil de toutes mes forces. Je me tourne du côté du mur pour cacher mon visage. J'essaie d'y croire. Est-ce vraiment à moi qu'il parle ?

Et comme si *La Marette* n'existait pas, ni mes sœurs, ni mon père. Comme si j'étais seule, libre, responsable, une autre, il me dit : « Viens. »

Fixant la fleur bleue du papier peint, je murmure : « Quand ? » Il dit : « Maintenant. » Je réponds : « Demain, midi et demi. » Le lundi, je quitte le lycée à midi. Il soupire : « Dépêche-toi. » Et rien d'autre. Il a raccroché.

La petite sonnerie a retenti ; ils savent donc que c'est fini. Je dois revenir vers eux comme si de rien n'était. Papa explique quelque chose à Cécile mais Bernadette et Claire regardent dans ma direction.

Je ne peux pas ! Je me dirige vers la porte. J'ai conscience de chacun de mes pas. L'entrée est sombre et sent le dîner ; et sent quand je ne savais pas et que Pierre, en moi, battait comme une blessure.

Une fois la porte refermée, je m'y adosse et ferme les yeux. C'est un geste de cinéma, oui ; mais Pierre a

126

appelé et je suis une autre dont les gestes comptent. Je me sens « regardée ».

Les marches craquent. Dans le salon, je n'entends plus les voix. Que pensent-ils ? Que je suis montée chercher quelque chose et vais redescendre ? Je ne redescendrai pas. Je ne pourrais pas mentir. Demain !

Ma chambre sent la paix, le toujours. Mes cahiers sont restés ouverts sur la table et tout à l'heure, avant de descendre dîner, j'avais préparé sur mon oreiller la leçon à revoir. Je m'approche machinalement de la poutre où mon emploi du temps est punaisé. Demain : sciences avec travaux pratiques; histoire-géo. Une grande croix sur l'après-midi. Libre. Libre ? Cécile a dit : « C'est Pierre ! » Et j'ai cru à une farce. D'abord, je n'ai pas reconnu sa voix : inquiète, émue. « Viens. » L'autre soir, il a mis sa main sur mon épaule pour me pousser hors de chez lui; il ouvre grande sa porte pour moi. Viens !

Dans mes rêves, c'est le début que je préfère : le moment où, entre toutes, « Il » me reconnaît; quand son regard ayant affleuré les filles les plus belles, les plus convoitées, il s'arrête sur moi et fend la foule subjuguée pour venir me prendre la main. Je recommence dix fois la scène. Alors, il entre. Il ne me voit pas d'abord; je ne fais rien pour qu'il me remarque. Je reste là. Moi. Tout moi. Et son regard s'éclaire. Il n'a plus qu'à venir me chercher.

Pierre a arrêté ses yeux sur moi et m'a choisie. « La mer est en panne. Tu as gagné. » Ce sont des mots de chevalier.

Je tombe sur mon lit. Alors pourquoi ? Il y a un instant, j'étouffais de bonheur. Je ne ressens soudain qu'un profond malaise. J'appelle à moi le 1er janvier; ou plutôt ce moment où, contre sa poitrine, les lèvres soudées aux siennes, j'y suis entrée avec lui. Je monte un peu. Et quand il réchauffait mes pieds... Et quand il a touché ma robe... Mais il était minuit, j'avais bu trop de cidre, la fête était partout et moi si seule.

J'appelle son visage. Je ne vois plus que son âge, son expérience, Brigitte. Oh! comme il avait raison! Comme j'ai peur. Je ne sais pas. Je ne sais plus. Hier, sur cet oreiller, je m'endormais entre ses bras. « Tu as gagné »... J'ai gagné quoi?

De petites plumes sortent des coutures de mon édredon. Je les réunis dans ma main. Maman dirait que je le vide. Le pauvre, il est déjà tout plat et son rose vire au gris malade. Ça tombe bien, vraiment, qu'elle soit partie auprès de grand-mère! Oh! je sais que je ne lui parlerai de rien! Mais peut-être de la savoir là me donnerait le courage pour décider quelque chose. Je veux et je ne veux pas. La phrase de France me revient comme un avertissement : « Les soupirs, les plaintes, tu n'es pas obligée »...

Demain, moi, Pauline, dix-sept ans, j'ai pris rendez-vous pour faire l'amour.

« Il est huit heures, dit Cécile à ma porte. Qu'est-ce qui se passe? Tu veux le thermomètre? »

J'ouvre les yeux.

« Non merci. J'étais réveillée.

— On n'aurait pas dit! »

Elle entre un peu plus.

« Papa a demandé ce qui t'avait pris hier. J'ai dit que tu avais une compo à réviser. Il a répondu que ça ne dispensait personne de dire bonsoir. »

Voix interrogative, air complice. Elle attend. Je me lève pour m'en débarrasser et passe à la douche. Après, je remets mes affaires d'hier. La revoilà!

« Tu y vas comme ça?

— Comment veux-tu que j'y aille?

— Tu as rendez-vous », me rappelle-t-elle.

Et elle ajoute, l'air tentateur : « Avec Pierre, à midi et demi! »

Je voudrais la piler; je réussis à garder mon calme.

« Je ne suis pas comme toi! Je ne me mets pas en

robe longue sous prétexte que je rencontre un ami. »

Elle me regarde, vexée.

« Tu regrettes, dit-elle avec rancune. Toi, tu regrettes toujours ! C'est ça qui fout tout en l'air avec les filles. Nicolas ne regrette jamais. Quand c'est oui, c'est oui ! »

Je la regarde s'éloigner, incrédule. Qu'a-t-elle compris ?

Dans la cuisine, papa boit son café en écoutant les informations. Il n'appartient à aucun parti mais estime qu'on doit se tenir au courant. Ce qui l'intéresse, ce ne sont pas tellement les affaires du pays, parce qu'il dit qu'on est un pays heureux; mais les endroits où l'on se bat et ceux où l'on a faim. Je l'ai souvent vu s'indigner devant la mauvaise humeur des Français et les efforts faits pour les satisfaire. Il dit que c'est comme si on soignait le bobo d'un frère en laissant mourir le voisin parce qu'il n'est pas de la famille !

Cécile a versé son chocolat glacé dans le pot de miel presque terminé. Pas de Claire à l'horizon. Quand tout le monde sera parti, la princesse se montera son thé au lit. Bernadette apparaît en se coupant les ongles.

« S'il te plaît, pas dans la cuisine, gémit papa. Tu veux qu'on les retrouve dans la nourriture ?

— C'est l'idée qu'on s'en fait, dit Bernadette. Toi, tu manges bien les cartilages de la raie. »

Papa ne semble pas bien voir le rapport. Bernadette pose la main sur mon épaule.

« Tu déjeunes là, Paul ?

— Je ne crois pas. »

J'ai senti mes joues devenir écarlates. Comme si, du même coup, j'avouais tout. Bien entendu, Cécile n'en a pas perdu une miette. Je la vois échanger un regard avec Bernadette. Elles vont parler de moi. Bernadette hésite une seconde puis va mettre son lait sur le feu. Papa n'a rien remarqué : c'est la minute des Affaires étrangères.

CHAPITRE XIX

L'AMOUR AVEC LE SOLEIL

En arrivant sur le palier, j'ai trouvé sa porte entrouverte. Penché sur sa table à dessin, il travaillait. Il était habillé comme les autres fois, d'un pantalon de toile et d'une chemise ouverte aux manches retroussées. Tout de suite il a été là. Il ne souriait pas. Il a refermé la porte et m'a prise à bout de bras.

« Je n'y crois pas ! J'étais sûr que tu ne viendrais pas ! »

Cela voulait dire qu'il savait ! Il avait prévu ma peur, mes hésitations. Je suis tombée sur sa poitrine. Il m'y a serrée un moment, comme un ami, ou un père, sans profiter de la situation.

« Je m'apprêtais à faire un café. Tu en veux un ?

— Non, merci.

— Alors, assieds-toi. Je m'occupe du feu. »

Sa table était couverte d'esquisses; toujours des bateaux : des poitrails enfoncés, des os blanchis; dans un désert, des animaux morts de soif. Je me suis assise devant et je les ai longuement regardés. Dessiner, ce ne devait pas être si différent d'écrire, après tout ! Une même attente en soi; heureuse et angoissée comme pour un rendez-vous important. Il y a eu derrière moi une cascade de boulets.

130

« J'aime nourrir mon poêle, a dit Pierre. Tu n'imagines pas comme c'est important : se chauffer soi-même. Du coup, la chaleur te va au cœur. Le radiateur de tout le monde ne chauffe que l'extérieur de toi. »

Puis il a disparu dans la cuisine et j'ai compris qu'il me laissait le temps de m'habituer.

Je suis allée m'asseoir sur le canapé; mais dans un coin. Pas étalée comme Bernadette. Après tout, on allait peut-être simplement parler. Je n'éprouvais plus grand-chose. J'avais eu si peur! Maintenant, j'étais comme anesthésiée. Il est venu prendre place près de moi, avec un grand bol de café noir, et j'étais contente parce que ça lui prenait les mains et me donnait encore du temps. Il a commencé à boire en m'observant.

« Regarde-moi ! »

J'ai essayé. Il a ri.

« Je n'avais encore jamais fait une telle peur à quelqu'un ! Qu'est-ce que tu imagines ? Que parce que j'ai envie de toi je vais te violer ? »

Je me suis sentie devenir écarlate. Ces mots : « J'ai envie de toi », me bouleversaient profondément. J'ai rassemblé tout mon courage : « Vous comprenez... Jamais encore... »

Son visage est devenu grave. Un peu comme le soir du 1er janvier avant qu'il me mette à la porte. Il a posé sa tasse qu'il n'avait pas terminée et m'a obligée à le regarder en face.

« Pourquoi crois-tu que j'aie tant hésité? »

Maintenant, il fixait mon cartable, près de la porte.

« Ce cartable... et ton écharpe... Je souhaitais et redoutais que tu viennes comme ça... en lycéenne. »

Nous n'avons pas parlé pendant un moment mais ce n'était plus gênant. J'avais l'impression d'avoir dit l'essentiel. La tête appuyée sur le dossier du canapé j'étais bien. Aussi bizarre que cela paraisse, je me sentais protégée.

« Brigitte est restée à la montagne, a-t-il dit. Angèle est malade. »

Je le savais. Béa me l'avait appris ce matin. Angèle avait les oreillons.

« Je dois te parler d'elle. Tu dois savoir que je l'aime. Elle est très importante pour moi. C'est vraiment une compagne. Quoi qu'il arrive, je ne veux pas la faire souffrir. Je me mépriserais. Est-ce que tu comprends ? »

Je comprenais. J'en étais plutôt heureuse, Brigitte me rassurait. Je m'étonnais de ne ressentir aucune jalousie. Et moi non plus je ne voulais pas qu'elle souffre.

« Je l'aime, a-t-il répété. Et pourtant, je suis tombé amoureux de toi ! Que les braves gens hurlent tant qu'ils veulent; je suis tombé amoureux de toi dès que je t'ai vue. » Il a eu un rire : « Enfin ! plus exactement amoureux de ton écharpe. Tous ces tours autour de ton cou et seulement ton nez qui passait ! Quand tu es entrée dans l'atelier, j'ai eu l'impression que c'était mon oiseau : comme dans un conte : l'oiseau transformé en jeune fille. J'attendais des plumes sous le duffle-coat. »

Je ne peux pas rire. Donc, il m'aime... Je n'y crois pas. Je l'aurais senti avant ! Quand son nom me faisait mal, quand je l'appelais la nuit... Il dit aussi :

« J'ai hésité parce que j'ai quarante ans et qu'il n'y a pas d'avenir pour nous. Il peut y avoir une aventure, c'est tout. Ce mot n'est pas péjoratif pour moi. L'aventure, cela peut être aussi l'amour. Pourquoi pas ? Mais toi non plus je ne veux pas te faire souffrir. »

Il parle comme s'il avait la certitude que je l'aime aussi. J'imaginais autrement une déclaration. Le visage crispé, il fait le bilan de la situation ! Je remarque à nouveau les rides. Après tout, il est plus près de papa que de moi; ça me fait drôle.

Du doigt, il retrace mes lèvres. Son visage est tendu.

« Ce que tu veux, Pauline... Quand tu veux. C'est toi qui commandes. »

Je ne savais pas qu'on pouvait dire cela. Je m'étais

toujours représenté l'amour comme une conquête. Et avant conquête, il y a forcément lutte. « Ce que tu veux. Quand tu veux... » Je peux partir. Je peux rester. Il n'y a aucun problème. Avec reconnaissance, je regarde la bouche qui vient de me donner cette paix. Je monte. Il me laisse approcher sans faire un geste et ne m'entoure de ses bras que lorsque mes lèvres ont rencontré les siennes. C'est bon comme l'autre soir et ça n'a pas de fin. Passe un moment d'éternité.

« J'aimerais te voir », murmure-t-il.

Je comprends quand ses mains commencent à défaire les boutons de mon cardigan. Je me raidis. Je suis sûrement moins belle que les femmes qu'il a connues; des douzaines, j'imagine. Mes cuisses sont trop fortes. J'ai d'immenses pieds : « comme des petits bancs », dit Claire. Ma poitrine...

Lorsqu'il déboutonne mon corsage, mes bras viennent instinctivement s'y croiser. « Ce coup-ci, tu as l'air d'une mouette offensée... »

Je le laisse écarter mes mains et défaire mon soutien-gorge. Ce qui ne va pas sans mal, d'ailleurs. Je n'ose l'aider. Je me sens idiote. Je tremble. Ni de froid, ni de plaisir; de cette situation. Il se penche et embrasse mes seins avant de les regarder. Je sens, sous mon menton, la caresse de ses cheveux bouclés.

« Tu es toute neuve ! »

Il glisse un coussin derrière mon dos, attrape mes jambes et les étend sur le canapé. « Appuie-toi ! Je veux que tu sois bien. » Lui, il est assis sur le bord, comme le médecin, et ses mains passent sur moi, effleurent à peine mon corps. Je ferme les yeux. Je monte. Je me dis : « Je suis en pantalon, la poitrine à l'air... » Dehors, il y a un soleil pâle, un soleil blanc d'hiver. Je devrais être à la maison. Je sens l'odeur de mon jardin. Passe une seconde éternité; et quand après je regarde Pierre, ses yeux ont changé de couleur.

Je ne me défends pas quand il baisse la fermeture de mon jean et le tire par les jambes pour me l'enlever. Je

suis nue sur le gros tissu de son canapé. « Tu es belle. »
Il appuie sur mes genoux que j'ai tendance à vouloir
replier. « Laisse. » Je laisse. Tant pis. Maintenant, il
sait vraiment tout. Ou presque. Il ne m'a pas encore
vue de dos. Et ce n'est pas mon meilleur profil, dit
Cécile.

« J'avais juré de ne pas te le dire... mais mon
amour... mon amour... »

Avec ses paroles, il trace un chemin à ses mains.
J'ignorais qu'on parlait dans ces moments-là. « Tu es la
fête que je n'ai jamais eue. Tu es ce dont j'avais toujours rêvé... » Au fond, nous nous ressemblions. Chacun de notre côté, nous espérions. Les caresses non
plus, ce n'est pas ce que je pensais. C'est la douceur et
des images qui passent et une envie d'être plus grande,
plus vaste, de remplir la pièce, d'offrir plus de surface
au plaisir.

Mais lui ?

Surmontant ma timidité, je tends la main pour le
caresser. Il l'arrête. « Non ! Ecoute, Pauline, écoute... Je
suppose que j'ai trop pensé à toi, à ce moment. J'ai
peur. Pas aujourd'hui. Ne m'en veux pas. »

Lui en vouloir ? Mais de quoi ? Et comment le pour-
rais-je ? La tête sur mon ventre, il dit : « Il y a beaucoup
de façons de faire l'amour ! En ce moment, nous le
faisons parce que nous nous aimons. On peut le faire
avec les yeux. On peut seulement en s'embrassant... »

Alors, je m'entends le lui dire : « J'ai fait l'amour,
Pierre. J'ai fait l'amour... » Et je retiens sa tête sur mon
ventre ; c'est plus facile comme ça. C'était chez ma
grand-mère justement ; l'été dernier. Il faisait très
chaud au fond du jardin dont l'herbe n'avait pas
encore été fauchée et où je me cachais pour lire. Autour
de moi, le monde n'était qu'un bourdonnement de vie.
Jusque-là, brunir ne m'intéressait pas, mais à déjeuner,
j'avais entendu un oncle dire à Bernadette qu'elle
gagnait cent pour cent bronzée.

Au creux de l'herbe, j'ai relevé ma jupe pour exposer

mes jambes et je me suis laissée aller au soleil. Je n'ai d'abord trouvé ça qu'agréable; mais déjà les phrases dansaient dans un ballet de rayons blancs, le bourdonnement du monde faisait tourner ma tête et le besoin d'en exposer davantage s'imposait à moi : la nécessité, l'ordre.

Je me suis dévêtue en hâte; je me suis ouverte au soleil. Sa brûlure me pénétrait et j'étais à la fois source et plaine brûlée; et j'étais comme maintenant : un cri. J'ai fait l'amour avec le soleil.

Pierre me prend dans ses bras. Il me berce. Il rit. « Tout le monde fait l'amour avec le soleil, mais toi, tu le dis. » C'est sa bouche maintenant qui me caresse. Je voudrais raconter les paysages, les visages qui me traversent. J'ai les lèvres sèches et le cœur qui bat. « Laisse-toi faire, ouvre-toi. » J'aime qu'il soit vêtu. Je me sens plus nue. Il dit que l'amour s'apprend, qu'il m'apprendra mon corps, qu'il me fera connaître le sien. « Nous avons le temps. » Je suis au bord d'un prodigieux moment.

Et il a mis de la musique, le ciel s'est obscurci, il a ranimé son feu, il m'a présenté l'oiseau, nous avons bu du Coca-Cola, j'ai marché nue dans l'atelier. C'est lui qui m'a rappelé l'heure et remis mes vêtements. « Je ne te raccompagne pas. Je veux rester ici, avec toi. »

La rue n'était plus la même, ni les passants; c'était une suite d'éblouissements. Dans le métro, je souriais aux gens. Je les aimais. Je me posais sur eux toutes sortes de questions intimes.

En mobylette, j'ai crié dans mon cache-nez.

Et *La Marette* éclairée. Et Bernadette courant vers moi, le visage bouleversé, suivie de Cécile qui, pour une fois, semble n'oser parler. Grand-mère ?

« Claire s'est barrée ! J'ai bien réfléchi. Il faut la récupérer à tout prix avant le retour de maman. Elle a laissé une lettre pour papa sous son oreiller. Je l'ai prévenu. Il arrive. »

CHAPITRE XX

CLAIRE MALGRÉ TOUT

La princesse, la délicate, la hautaine, la plus belle des quatre, Claire ! Claire qu'on aime « malgré tout » plutôt « parce que »... Malgré ses silences, ses mines, ses humeurs. Claire est partie.

Ce n'est pas possible ! Claire sans *La Marette*, sans nous, loin de ses petites affaires, tirée de ses habitudes : le croûton du pain, le raisin sans peau, le yaourt fruité, les crèmes pour le dessous des yeux, les mains, le bain, Claire est perdue, sans défense. Il me semble qu'un rien en aura raison : le moindre vent.

Et je me souviens de ce qu'on appelle dans la famille « le grand plongeon » ! C'était à la piscine de Deauville et elle avait douze ans. Nous étions avec des amis. Déjà, elle faisait bande à part; bande à elle seule plutôt; nageait toujours plus loin... réservait ses jugements... Ce matin-là, après la leçon de crawl, nous nous reposions au bord du bassin quand quelqu'un, je ne sais plus qui, lui dit en montrant le très haut plongeoir, celui des champions sur lequel, justement, un professionnel s'apprêtait à sauter : « Chiche ! »

Alors Claire s'est levée. Elle avait des jambes qui n'en finissaient pas et ajoutaient à son aspect fragile.

Elle a fait le tour de la piscine pour arriver au plongeoir et a commencé à monter les échelles.

Nous pensions à une farce mais ce n'était pas tellement son genre et je me souviens que, bien que riant avec les autres, j'avais peur. La première échelle, la seconde; enfin, celle qui menait tout là-haut et était plus étroite parce qu'on ne s'y pressait pas.

Bernadette s'était levée. Elle courait pour arrêter Claire; mais c'était beaucoup trop tard et là-haut, tellement haut, Claire continuait, faisant légèrement trembler la longue planche du plongeoir. Elle n'avait même pas mis son bonnet de bain. Je le serrais dans ma main. C'était un signe, ce bonnet. C'était tout à fait elle de vouloir mourir en beauté.

Maintenant, nous étions tous debout et j'avais un cri dans la gorge. Elle n'a cherché à faire aucune épate; elle a marché jusqu'au bout du plongeoir et ensuite elle n'en a pas fini de tomber. Le professeur de nage était furieux. Il nous a dit que c'était dangereux.

Claire vient de sauter à nouveau !

Le visage gris, les yeux grossis par les verres des lunettes que depuis peu il doit mettre pour voir de près, papa lit et relit la lettre. Il est sur le canapé. On ne lui a même pas laissé le temps de retirer son manteau. Debout devant lui, Cécile le fixe comme lorsqu'il s'agissait de sauver Germain; avec espoir, avec défi. Je m'oblige à le regarder et ce que je découvre me fait mal. Charles, ce qu'on appelle le chef de famille, l'homme-roc, mon père, et, en plus, le médecin auquel tant de gens s'en remettent, est touché. J'attendais qu'il prenne les choses en main, qu'il décide et rassure; il garde les yeux sur la lettre et sa main tremble. Claire l'a eu ! Et à cette seconde, je lui en veux, à la princesse.

Bernadette tend la main. Il y dépose la lettre. Tandis qu'elle va la lire tout haut, je regarde le fauteuil de la fuyarde.

« *Je m'en vais. Je suis déjà restée quelques jours de plus, quelques jours de trop. Je m'en excuse...* »

« L'idiote », dit papa en retirant ses lunettes et les frottant furieusement. « La triple idiote... »

Je ne ferai pas une école de secrétariat. Je ne m'enfermerai pas dans un bureau alors qu'il y a toute la terre. Je ne serais pas comme ces gens épouvantables... »

Ces gens épouvantables! Merci! Nous! Vous! Tous ceux qui acceptent l'idée de faire quelque chose de leurs dix doigts : malgré toute la terre! Mais qu'est-ce qu'elle en connaît, la princesse, de la terre? Elle ne l'a jamais vue que de sa vie douillette.

« La conne, dit Bernadette. Elle aurait pu au moins prévenir. »

C'est bien simple! Elle a respecté son contrat. On lui avait donné jusqu'à l'année prochaine pour s'inscrire quelque part. L'année prochaine est là. Elle est partie.

Je murmure :

« C'est nous qui aurions dû nous douter. »

Papa baisse le nez. Ces silences, ces airs coupables, ces heures enfermées dans sa chambre... « Il faut forcer la porte du silence », a dit maman. On l'a laissée s'y murer complètement.

Cécile, soudain, a l'air tragique.

« C'est de ma faute! Je n'aurais jamais dû dire que je serais missionnaire! J'ai bien vu que mon idée lui avait donné un coup. Et après, elle m'avait tellement énervée en me parlant de mon irrésistible personne que j'ai fait exprès d'insister sur la plombière! »

Suite de la lettre! Une lettre trop bien écrite; il y a certainement eu des brouillons, des hésitations. Il aurait peut-être suffi que l'une de nous, au bon moment...

Je suis née bourgeoise, d'accord! Mais après tout je n'ai rien demandé. J'ai eu de la chance, c'est vrai; j'en suis contente »...

Bernadette s'interrompt. Elle nous regarde, incrédule. Elle écume.

« " J'en suis contente " ! Et c'est aujourd'hui qu'elle

nous balance ça. Vous l'avez déjà entendue le dire une fois, qu'elle était contente ? Une seule fois ? »

« ... *Et ce n'est pas parce que je n'ai envie de rien que je vais me constituer prisonnière; d'un patron, d'un bureau, d'une machine à écrire.* »

Papa a fermé les yeux. La voix de Bernadette s'enroue sur la dernière phrase : « *Ne vous en faites pas. Je me débrouillerai !* »

« Comment ? tonne Charles. Dites-moi un peu comment elle va se débrouiller ? Avec quel argent ? Sous quel toit ? Et qu'est-ce qu'elle sait faire ? Si votre mère était là...

— Ce n'est pas un hasard si Claire est partie aujourd'hui », tranche Bernadette.

Et elle ajoute en voyant l'air malheureux de Charles :
« Je ne dis pas ça pour toi. On est tous dans le même sac. Aucun de nous n'a rien flairé.

— Mais je passe ma vie à flairer, moi, dans mon métier », dit papa d'une voix sourde.

Sa blessure, la voilà. Il sait voir ses malades. Il a oublié de voir sa fille.

« Il y a un post-scriptum », dit Bernadette.

Elle se tourne vers Cécile.

« *Cécile peut prendre mon pick-up, Pauline mes savons. Je ne pense pas que rien de ce que j'ai plaise à Bernadette mais si elle a trop froid dans sa cave, elle peut disposer de ma chambre pour s'habiller après la douche.* »

Cécile est devenue écarlate.

« Je n'en veux pas de son pick-up ! Et ses savons, elle en aura besoin quand elle reviendra. »

Bernadette pose la lettre. Elle traverse le salon, rapporte deux pipes, en tend une à papa et entreprend de bourrer la sienne.

Puis elle se tourne vers lui.

« Qu'est-ce que tu décides ? »

Charles reste interloqué.

« Mais on la cherche, bien sûr !

— On la cherche, dit Bernadette. On la trouve! Et après? »

Papa nous regarde, l'air malheureux.

« Eh bien...

— Parce que moi, dit Bernadette, après, je lui fiche la paix. Je tire un trait sur les ultimatums. Je raie le secrétariat. Sinon, je laisse tomber; ce n'est pas la peine d'aller la rechercher.

— Moi, je lui dirai : « T'avise pas de recommencer, « dit Cécile d'une grosse voix. C'est dégueulasse. On ne « bousille pas la famille comme ça. On a été trop « malheureux. » Bernadette, une bouffée de pipe, s'il te plaît! »

J'ai la gorge comme du plomb. Papa fixe ses pieds. Puis il met la main sur l'épaule de sa fille, droite comme un i en face de lui.

« Retrouvons-la, dit-il. Vite! »

Bernadette a appelé tous les amis de Claire qui avaient le téléphone. La plupart habitent Paris. Elle était parfaite! D'une voix détachée, elle disait qu'on avait une commission à faire à notre sœur. Pas grave du tout, mais qu'on nous appelle jour et nuit si on la voyait passer et, si possible, sans la prévenir. Mais personne ne l'avait vue!

Je suis montée dans la chambre de la princesse. Près de la porte, il y avait deux valises remplies de ses affaires : les vieilles valises qu'on garde dans la cave parce qu'elles ne ferment plus. Le pick-up était en évidence sur la commode ainsi que les savons, les draps pliés au bout du lit. Tous les pots de beauté avaient disparu et c'est ce qui m'a fait le plus mal. Cela montrait mieux que tout qu'elle était partie pour de bon.

J'ai réuni la chambre dans mes yeux et, de toutes mes forces, je lui ai ordonné de revenir. Mais c'est Bernadette qui est entrée! Elle s'est assise sur la pile de draps. J'ai demandé.

« Est-ce que tu crois qu'elle est partie avec quelqu'un ? »

Elle a secoué la tête.

« Si Claire avait quelqu'un, elle n'aurait pas passé sa vie ici.

— Mais la pilule ? »

Bernadette a poussé un gros soupir.

« Tu me promets de ne rien dire à personne ?

— Promis.

— La pilule, c'est pour le teint et pour augmenter la poitrine ! »

Nous avons chacune regagné notre chambre. Je n'arrivais pas à me coucher. C'était si loin, la nuit dernière, quand j'hésitais à aller retrouver Pierre. Claire était encore là. A l'allure où elle fait les choses elle avait sûrement commencé ses valises. Elle se disait : « C'est la dernière nuit. » Oh ! comme je m'en voulais de n'avoir rien senti !

J'ai essayé d'écrire un peu. Ce qui est difficile, quand on écrit, c'est de choisir. Tout est important. Tout compte. Chaque visage, chaque mot, chaque nuance de paysage. Tout déteint, et change en même temps, et se mêle, et pousse un même cri. Comment dire à la fois l'absence de Claire, les mains de Pierre et, en Jean-Marc, la mort qui poursuit son chemin et se rappelle à nous, quand on ne s'y attend pas, avec un grand noir au cœur. Et comment dire, dans le jardin, à la place du pommier, ce trou qui me paraît maintenant comme avoir été un avertissement, pareil au bonnet de bain le jour du grand plongeon.

J'ai posé mes papiers. Je me suis glissée dans mon lit et j'ai appelé Pierre au secours. J'ai tout revu, j'ai tout refait. Ses dessins sur la table de travail, le gavage du poêle, le velours rêche du canapé ; et ce moment où il a ouvert mon corsage ; et celui où il a fait glisser le jean ; et quand il a ouvert mes jambes et m'a caressée, là ! J'ai pensé à ses mains et c'est venu comme le soleil.

Alors j'ai éteint la lumière. Je suis montée dans son

bateau sans que s'envolent les mouettes. Je me suis étendue au fond et, la tête appuyée à la coque, j'ai écouté frapper les vagues.

Et c'était comme si chacune portait Pierre plus près de moi.

CHAPITRE XXI

UN PASSAGE D'ÉTOILE FILANTE

PETIT déjeuner tôt et rapide. Personne n'a faim. Pas de tartines préparées à l'avance par maman et tenues au chaud sous la serviette. Pas de princesse réfugiée dans ses cheveux, disputant le croûton du pain à Cécile. Bernadette en chaussures de ville, l'ai résolu.

« D'abord, on appelle maman pour savoir comment va grand-mère et évidemment pas un mot de Claire. Moi, je vais à Paris. Stéphane vient me chercher. On fera le tour des amis. Pauline, tu rentres direct du lycée, au cas où !

— Et moi rien... fait Cécile ulcérée.

— Toi, énormément. Tu ne bouges pas !

— Je pourrais peut-être... commence papa.

— Non ! » tranche Bernadette.

Et elle ajoute avec plus de douceur :

« Si ce soir on n'a pas avancé, on verra.

— Au cas où ça vous serait utile », lâche Cécile en assassinant Bernadette du regard et jetant un carnet sur la table. C'est un vieil agenda de Claire. Il s'y trouve un certain nombre de noms, adresses et numéros de téléphone.

« Où l'as-tu trouvé ?

— Sur la chasse d'eau. »

Entre Claire et Cécile, il y a toujours eu un concours de cachettes. Claire cache tout. Cécile trouve tout.

Bernadette feuillette l'agenda :

« Mais il date d'il y a au moins trois ans, remarque-t-elle, déçue.

— Les amis ça dure plus longtemps, que je sache ! Surtout pour Claire qui est conservatrice ! »

Bernadette met l'agenda dans sa poche.

« De toute façon, j'en parlerai à Nicolas », grommelle la petite dans une moustache de chocolat.

Un silence consterné s'abat. La dernière fois que Cécile a dit ça, on l'a retrouvée sur le petit écran.

« Ecoute-moi bien, dit Bernadette en l'attrapant par les épaules, tu laisses Nicolas en dehors de ça. C'est des affaires de famille; ça ne regarde pas les étrangers. Tu rentres directement du collège et tu ne bouges pas. » Et elle ajoute finement : « Il faut quelqu'un pour répondre si Claire téléphone.

— Claire téléphonera ? Tu crois ? »

La vie, du coup, reprend un sens pour Cécile. Claire téléphonant et tombant sur elle... Elle, nous tenant tous au bout de son récit. Elle en ferme les yeux de ravissement.

« A part ça, conclut Bernadette, c'est toi qui te charges du dîner ! »

Les yeux se rouvrent; ils brillent d'indignation.

« Je pourrais peut-être aussi faire ton lit et laver ton linge pendant que j'y serai...

— Tu pourras effectivement refaire le lit de Claire. Et mets-lui donc les draps à fleurs.

— C'est mon tour de les avoir ! »

Bernadette n'insiste pas. Claire aura les draps à fleurs. C'est sûr. On achève le petit déjeuner. Papa a l'air désarmé; surtout avec sa barbe. J'ai l'impression que c'est nous qui le protégeons.

« Pour dîner, qu'est-ce que vous penseriez de crêpes congelées au poulet et au fromage ? propose Cécile tandis que nous desservons.

144

— On s'en contrebalance », lâche Bernadette un peu vite.

Et quand elle se souvient que les crêpes congelées, c'est le régal de Claire : « Idée de génie ! »

Grand-mère va mieux. Elle a redemandé du bouillon et dit que pour l'héritage on devrait se résigner à attendre encore un peu. Avant de partir, je suis venue embrasser papa. Il s'était coupé au menton en se rasant et il appuyait sur sa coupure d'un air incrédule comme s'il lui en voulait.

J'avais préparé une phrase pour lui faire du bien mais je n'ai pas pu et c'est lui qui a dit, pendant que je m'en allais : « Ne t'en fais pas ! D'où elle est, elle doit sentir le pain grillé et regretter la maison ! »

A Paris, j'ai appelé Pierre d'une cabine. Mon cœur s'est serré en entendant sa voix. Juste à côté de mon nez, il y avait un dessin sale. Je lui ai raconté pour Claire et dit que je ne pourrais pas venir cet après-midi. A travers la vitre embuée, je voyais le Luxembourg, prisonnier de ses grilles, de l'hiver et du ciel bas ; pareil à une chanson morte. Les gens passaient contre ma cabine, le regard fixe, comme s'ils n'allaient nulle part. J'avais l'impression d'être loin. Rien n'était réel. Pierre a simplement dit :

« Appelle si tu as besoin de moi. » Et encore : « Dépêche-toi, mon amour. »

Dans la rue, tout m'a soudain semblé en place, en paix. Pierre comprenait tout. S'il avait insisté pour me voir malgré Claire, je ne sais pourquoi, je ne l'aurais pas autant aimé.

Sciences nat., travaux pratiques, trois absentes à cause de la grippe. Math. Pour placer les trente élèves de notre classe dans tous les ordres possibles, il faudrait des milliards d'années. D'apprendre ça, me donne envie de pleurer. Je me sens toute petite. Plus rien. Des milliards d'années... Et Claire là-dedans ?

A midi, après la cantine, je ne peux résister à confier nos ennuis à Béa. Elle rit.

« Mais elle est majeure, ta sœur ! Et il y a longtemps qu'elle aurait dû la claquer, la porte ! Elle en avait marre de vous, voilà tout ! Et ce n'est pas parce qu'elle est partie qu'elle est morte ! Quelle affaire, vraiment ! »

Dans la voix de mon amie, une espèce de triomphe. Mais ce n'est plus mon amie. Je lui tourne le dos. De quoi triomphe-t-elle ? De la famille ? Du bonheur ? J'en ai assez de ses airs blasés quand on parle d'amour ; de ses ricanements quand je dis « liberté », ou « justice », ou « paix », comme si c'était du toc, des pâtés de sable, des mots d'enfant.

Et si moi, pendant mes quelques années dans les milliards d'années, je veux croire à ces mots ? Si c'est eux sur lesquels je choisis de m'appuyer durant mon petit passage d'étoile filante ?

Non, ma vieille Béa, la force, ça ne se bâtit pas sur le doute, la révolte ou le ricanement, mais sur l'amour. J'en suis sûre !

CHAPITRE XXII

LA PART DE LA PRINCESSE

QUAND je suis rentrée à *La Marette*, le taupier était là !
Pour le trouver, papa avait dû passer deux annonces
dans le journal et on l'attendait depuis une éternité. Il
avait justement choisi aujourd'hui ! C'est drôle !

Petit, gris, voûté, le museau pointu, du cuir aux
coudes et aux genoux, il scrutait la pelouse d'un air
compétent, suivi par Cécile. « Le métier se perd, lui
expliquait-il. Les jeunes ne s'y intéressent plus et les
taupes en profitent pour faire leur beurre. »

Le sourcil froncé mais un air de plaisir sur le visage,
il s'est arrêté à un léger renflement de la terre, entre
deux monticules.

« C'est là ! »

Du bout du pied, il a appuyé sur le sol qui s'est
affaissé.

« L'important, c'est de trouver la bonne galerie.
Elles sont malignes, les poulettes ; elles brouillent les
pistes !

— Et quand vous avez trouvé la bonne galerie ? » a
interrogé Cécile.

Il a ouvert le gros sac de cuir qu'il portait en bandou-
lière et en a tiré de petites fourches aux dents acérées
comme celles qu'on visse au bout des fusils sous-
marins.

« J'y place ce gentil instrument. Ces demoiselles sont aveugles. Gare à leur nez ! Et comme elles sont hémophiles...

— C'est quoi, hémophiles ?

— La première goutte de sang ouvre toute la bouteille », a expliqué le taupier en tombant sur ses genoux de cuir et plaçant sa fourche dans la galerie.

Cécile regardait sa nuque d'un tel air que j'ai cru qu'elle allait la lui pourfendre. Mais elle n'a pas bronché et, à mon grand étonnement, elle a assisté à tout le travail. Le taupier était si flatté qu'il lui a offert de poser un piège elle-même.

« Je crains de n'être pas assez experte », a dit Cécile d'un ton de douceur redoutable.

Mais tout cela n'a pas ramené Claire !

« Il faut avertir votre mère, dit Charles en fixant dans le plat la pile de crêpes intouchées, la part de la princesse.

— Pour qu'elle ne ferme pas l'œil de la nuit ? »

Papa regarde Bernadette d'un air grave.

« Pour qu'elle ne nous reproche pas de l'avoir laissée dans l'ignorance.

— Moi, je me reprocherai toute la nuit de l'avoir mise dans les transes, dit Bernadette. On l'appellera demain matin.

— Je pourrai tenir l'écouteur ? » supplie Cécile.

Papa se rend aux raisons de sa fille. Moi aussi, mon premier réflexe aurait été d'appeler maman. De partager la mauvaise nouvelle avec elle. Bernadette encaisse. Je pense que c'est cela, être responsable. Elle tient droit toute seule.

Le dîner est sinistre. On se sent en tout petit nombre. C'est curieux, l'absence !... Quand Claire était là, tout le monde lui reprochait d'être ailleurs. Mais son ailleurs, je le comprends ce soir, c'était avec nous quand même. Avec son air de ne pas prendre de place, elle éclairait tout, d'une certaine lumière... qui manque.

Les crêpes enveloppées d'un papier qui les maintiendra tièdes, au cas où... La cuisine à peu près en ordre, nous nous retrouvons au salon.

Tandis que Bernadette allume le feu, je vais mettre un disque. Papa, qui n'a pas acheté le journal pour être plus vite à la maison, a l'air plus désarmé que jamais. Je m'installe sur le tabouret. Pierre! Pierre! Je m'appuie à sa poitrine. Toute la journée, sa voix a été en moi : « Dépêche-toi, mon amour. » Mais parfois je n'y croyais plus. Je n'avais jamais été dans ses bras! Il ne m'avait jamais dit qu'il m'aimait! Et, à d'autres moments, au contraire, quand je prononçais son nom, c'était comme si quelqu'un, par-derrière, me poussait de toutes ses forces vers lui.

« Moi, râle Cécile, à la place de Claire, j'aurais appelé! Rien que pour dire « je vais bien ». J'aurais demandé à me parler parce qu'avec moi pas de problème. Et d'une cabine, bien sûr, pour ne pas être repérée...

— Il y a encore un espoir, dit Bernadette. Stéphane doit passer ce soir chez les amis qu'on n'a pas pu joindre. S'il y a du nouveau, il appellera. »

Elle nous regarde l'un après l'autre. Quand même, elle se prend au sérieux!

« Maintenant, si on parlait d'autre chose? »

Charles a eu une grosse journée. Les jours de marché, c'est consultation sans rendez-vous et ça n'arrête pas de défiler. Mais c'est ce qu'il voulait! Travailler sur le tas. Pas de belles dames dans son cabinet. Ces soirs-là, il aère à fond; ça sent l'ail, le gros bleu, les heures de peine.

Cécile est assez fière de son douze en géographie. Si elle n'avait affirmé que le Koweit était une fleur, elle aurait gagné trois points. Moi, je raconte le cours de maths. Les milliards d'années. Cécile déclare que le professeur est fou et se bouche les oreilles. Ça ne fait ni chaud ni froid à Bernadette. Papa le savait depuis longtemps. Je n'en reviens pas qu'il ne m'ait jamais appris une chose si importante. Maman est-elle au courant ?

Justement, elle téléphone. Elle rentre demain. C'est Bernadette qui a pris la communication. Elle est très assurée : Oui, tout va bien ! Pas de problème, sauf la lumière du perron qui ne marche plus et ça ne vient pas des plombs ! On ne voit plus rien pour traverser le jardin. Maman recommande qu'on n'essaie surtout pas de réparer ! Elle verra ça demain. La seule fois où papa s'est occupé d'électricité, tout le village a sauté. Maman embrasse tout le monde de sa part et de celle de grand-mère. Grand-mère me dit bonjour spécialement et Cécile me regarde avec jalousie. Mais, après tout, je suis sa filleule ! C'est au tour de papa et sa voix est pleine d'attente contenue. Maman sent quelque chose et demande ce qu'il y a. On tremble toutes mais il dit « rien », d'une voix à peu près possible. Quand il revient, il a beau prendre un ton détaché pour annoncer : « Elle sera là demain pour dîner », on sent bien que pour le docteur Moreau le monde s'est remis à tourner.

« Si c'est à la gare que tu lui annonces pour Claire, moi je veux venir », déclare Cécile.

Et c'est à ce moment-là qu'on sonne à la grille ! Il y a quatre sursauts. Claire ? Impossible ! Elle a la clef. Quatre sursauts d'angoisse. Il est plus de dix heures !

« Si c'était la police, dit la poison, on aurait entendu la sirène, n'est-ce pas, papa ? Et les ambulances, elles vont droit à l'hôpital, elles passent pas par la famille, n'est-ce pas, papa ? »

Papa s'est levé. Il est tout pâle.

« J'y vais.

— J'y vais avec », dit Bernadette.

Elle referme la porte sur eux. Cécile me regarde et je vois qu'au fond, tous ses airs bravaches, c'est de la frime. Elle vient près de moi et je mets la main sur son épaule.

« C'est peut-être un malade... une urgence. »

Nous lançons tous nos espoirs dans cette direction et les milliards d'années du professeur de maths comptent moins que les quelques secondes qui passent. On chuchote dans l'entrée. Enfin, la porte s'ouvre !

C'est Stéphane ! Et je vois tout de suite la lumière dans les yeux de Bernadette. Stéphane, toujours correct, vient serrer ma main et celle de Cécile.

« Il l'a peut-être trouvée », annonce papa d'une voix qui danse.

Des amis d'amis au Quartier latin.

« On m'a signalé qu'elle y était cet après-midi. J'ai préféré ne rien faire tout seul. Je pense qu'il faut que ce soit Bernadette.

— Ça, dit Bernadette avec un rire brouillé, si elle y est encore, j'aime mieux vous dire qu'elle n'y moisira pas !

— Veux-tu que je vous accompagne ? propose papa.

— Stéphane a sa voiture, dit Bernadette. On y va tous les deux. »

Elle regarde Stéphane. Alors il pose la main sur son épaule, comme moi tout à l'heure avec Cécile, et il a l'air heureux.

« Allez vite, mes enfants ! murmure Charles.

— Une minute », crie Cécile.

Elle court chercher la pipe de Bernadette et la lui tend. Bernadette la pique dans sa bouche ; elle tire les cheveux de la poison.

« J'espère qu'il est prêt, ce lit !

— Tu voudrais peut-être que je lui aie mis des fleurs, en plus ! » râle Cécile.

Je les accompagne jusqu'à la voiture de Stéphane avec la grosse lampe de la cave.

« Empêche-les de se faire trop de souci, recommande Bernadette. Et que Claire ne débarque pas dans une réunion de famille. Ce serait le bouquet ! Que tout le monde soit dans sa chambre, comme d'habitude. Extinction des feux. Je passerai vous voir. »

La voiture s'éloigne. Ses feux rouges disparaissent au

tournant. J'aime le bruit que fait la grille en se fermant. Ce lourd frémissement cuivré qui semble confier quelque chose au jardin. Je m'arrête un moment dans l'allée. C'est une nuit d'hiver. On peut toucher le silence. Ce trou, à la place du pommier, ça ne va pas ! Ça fait tombe fraîche. Il faudra vite en planter un autre. Je reviens vers le perron, écoutant le bruit du gravier sous mes pas. Et soudain, une certitude. Tout à l'heure, il y aura ce même bruit et ce sera Claire ! Et sa fenêtre s'éclairera; et son beau visage fera revivre le miroir de sa chambre. Quelque chose d'énorme m'emplit, dilate et alourdit ma poitrine. Elle revient ! Comme je vais l'aimer !

Il paraît que lorsqu'ils sont entrés dans la chambre, qui n'était pas fermée à clef et d'où venait une musique très douce, comme une confidence, d'abord, ils ne l'ont pas vue.

C'était une chambre de bonne et, un peu partout, assis ou allongés, il y avait des garçons et des filles qui ne se parlaient pas mais semblaient réunis par quelque chose de dense, si fort qu'on pouvait le toucher, comme on peut, parfois, toucher Dieu dans une église.

Il paraît que personne n'a semblé étonné de voir deux nouveaux arrivants et qu'on s'est tout de suite poussé pour leur faire de la place. C'est alors que, leurs yeux s'habituant à la pénombre, car la chambre était à peine éclairée, ils l'ont vue. Elle était allongée au bout de la pièce, tournée vers le mur, sous une couverture qui la cachait tout entière moins une boucle de cheveux qui se déroulait à l'extérieur comme une coquetterie.

Bernadette a fait signe à Stéphane de l'attendre et elle y est allée. Claire avait les yeux ouverts et il paraît qu'elle n'a pas semblé étonnée en la voyant s'asseoir sur son matelas. Elle l'a même regardée comme si elle lui disait : « enfin ! », et lui reprochait d'avoir mis tout ce temps avec cet air qu'a toujours la princesse de se croire martyrisée.

Bernadette s'était jurée, si Claire refusait de la suivre, de rester avec elle. S'il l'avait fallu, elle se serait incrustée huit jours au matelas plutôt que de la lâcher. Mais dès la première visite, il paraît que Claire s'est levée. Elle était toute habillée et paraissait malade. On a compris plus tard, avec la mystérieuse disparition des crêpes, que c'était simplement la faim.

Il paraît que durant le trajet, Bernadette a explosé. Une colère terrible qu'elle avait dû, je suppose, couver depuis la lettre et n'a pu contenir davantage. Elle a dit à Claire qu'on ne se barrait pas comme ça, du jour au lendemain, d'un endroit où on avait, toute sa vie, été logée, nourrie, aimée. Que la moindre des politesses consistait à dire au revoir et merci; que papa s'aplatissait sur toute la ligne, qu'elle allait pouvoir lézarder jusqu'à la retraite, qu'elle n'aurait jamais d'ailleurs, et tant pis pour elle! sans que personne ne lui parle plus de rien; que d'être parents c'était le plus sale des métiers, et qu'après tout, elle n'était pas sûre d'avoir des enfants parce qu'on se trouvait en face de choix impossibles, et à d'autres les joies de la maternité!

Après, elle s'est tournée vers Stéphane qui n'en menait pas large et elle lui a dit qu'il avait été, dans toute cette histoire, vraiment à la hauteur, et qu'elle était contente de l'avoir accepté au manège bien que l'équitation et lui, ça fasse deux, et sans espoir, qu'il se le mette dans la tête. Et elle a de nouveau explosé en disant qu'elle savait très bien que ses parents ne l'aimaient pas, qu'elle leur avait déplu le soir du réveillon avec sa jupe culotte et les bottes qu'elle avait mises en cachette de maman; mais que c'était comme ça; elle ne ressemblerait jamais aux filles qu'ils avaient invitées et qui avaient toutes l'air de sortir d'une bouteille de parfum.

Stéphane se gardait bien de répondre. La tête appuyée à la vitre, la princesse regardait la nuit. Il y

153

avait d'abord eu les lumières de Paris, puis les rues mortes de la banlieue. Il y avait maintenant les routes éteintes, les maisons endormies, la campagne et les chemins le long desquels le printemps couvait en secret.

Et quand, pour finir, au moment de passer l'Oise sur le pont, provisoire depuis la guerre, Bernadette a dit à Claire que la vie avait, avec elle, qu'elle le veuille ou non, quitté la maison, il paraît que Claire s'est mise à pleurer, doucement, en souriant, comme de bonheur.

CHAPITRE XXIII

OUVRE-MOI LA MER

« Raconte, dit Pierre, raconte encore ! Encore Claire, encore la fière Bernadette et son doux Stéphane. Parle-moi de la poison ; j'ai envie de tirer ses cheveux. J'ai envie de connaître *La Marette*, de serrer la main de ton père, d'être intimidé en face de ta mère... »

Il a l'air affamé. Il a l'air heureux. Il riait quand je suis entrée. Depuis mon départ, il avait laissé la porte ouverte pour m'avoir plus vite. Il m'a tout de suite portée sur le canapé, s'est agenouillé près de moi et, très doucement, sans attendre, m'a dévêtue.

« Tu n'es jamais partie. Tu as toujours été là. Tu seras toujours là. »

Le feu est au plus fort. Il passe comme des bouffées de soleil.

« Et toi ? Toi, petite... Raconte. Tu faisais des colères ? Tu volais des bonbons ? Apporte-moi des photos. Je t'aime il y a dix ans. Je cours à tes côtés. Je te tiens fort la main. Donne-moi l'enfance qui m'a manqué, avec de la joie, avec des chagrins et des pardons, avec le cercle enchanté de la tendresse. »

Chaud, sous mes reins, le velours du coussin qu'il y a glissé ; douces ses mains qui m'explorent. Il a éteint la lumière et gardé le jour ; c'est le même que celui qui

155

entourait de promesses le Café des Beaux-Arts; quand,
sans que je m'en doute, tout commençait. Les tables
doivent toutes être occupées; la jeune fille écrit peut-
être avec son porte-plume; je n'irai pas ce soir puisque
je fais l'amour; puisque je fais l'amour; puisque je fais
l'amour.

Il retire ses vêtements. Je voudrais l'aider mais je
n'ose. Je ne suis pas sûre que ses épaules soient larges.
Je ne suis pas sûre qu'il soit bel homme. Il a un ventre
pas tout à fait plat, barré d'une cicatrice; des cuisses un
peu lourdes, des mollets de pêcheur aux jeans retrous-
sés et de drôles de pieds certainement vilains. Il a un
sexe que je n'ose regarder. Il faudra que tu m'ap-
prennes, Pierre, à ne pas avoir peur de te caresser, à
n'être pas intimidée. Il faudra que tu guides ma main.
Il faudra que tu me dises.

« Mon amour, dit-il. Mon amour... Je craignais que
tu ne m'aimes trop! Je ne voulais pas te faire souffrir.
Et regarde, c'est moi qui suis pris; c'est moi qui suis
fou. »

Comment se fait-il? Est-ce bien moi qu'il aime ainsi?
Suis-je aussi belle, aussi douce qu'il le dit? Est-ce de
mon âge qu'il est amoureux? Pourquoi ai-je peur soudain qu'il y ait erreur sur la personne? Que cela ait pu
aussi bien être une autre, dans ses bras.

« Les filles passaient, dit-il, je les prenais. Cela ne
comptait pas. Je ne savais pas que je t'attendais, toi. Je
ne savais pas qu'un jour je serais prêt à obéir au bon
plaisir d'une petite fille sage. »

C'était donc bien moi. Cela n'aurait pu être une
autre.

« Si tu entends dire que l'amour n'existe pas, qu'il
n'y a qu'attirance de deux chairs, ne le crois pas. Ne
crois pas les images qu'on te montrera, n'écoute pas les
faux soupirs, referme les livres qui n'étalent que la
peau, rappelle-toi de nous à cette minute, là, tout de
suite, pendant que je te regarde. J'aime autant ce que
je vois au fond de ton regard, ma timide, ma peureuse,

ma pure, que la couleur de tes yeux, entre le gris timide et le vert ardent. J'aime autant les mots que tu prononces, si rares mais toujours si justes, que la douceur de ta langue. Je bois ton sourire avec tes lèvres. J'ai envie de tous tes gestes : te voir te lever le matin, te suivre au long de ta journée, m'asseoir près de toi dans la salle de classe, partager tes livres, manger à tes côtés... Quand je te voyais boire ton Coca-Cola l'autre jour, en t'efforçant de ne pas aller trop vite, ma petite fille bien élevée, j'étais amoureux de toi, je mouillais tes lèvres, je descendais dans ton gosier, je te nourrissais... »

Je le prends dans mes bras. Je n'en peux plus de l'aimer tant. J'ai envie de le rendre heureux, plein, comme moi. Pour la première fois mes mains le caressent et alors un long frémissement le tend : « Oui, dit-il, oui ! »

Qui parle de maîtres et de servantes ? De seigneurs et d'esclaves ? Qui parle de vaincre, de soumettre, de dominer, de prendre ? C'est mon égal à mes côtés. Il se plaint, comme je le faisais, et ne peut plus garder les yeux ouverts, lui qui me suppliait : « Regarde... regarde-moi... regarde-nous »... Son visage me paraît plus fatigué à présent qu'il est nu. Il voit que je le regarde et semble soudain inquiet. Alors je dis « viens ! » et je prends ses hanches dans mes mains pour le guider sur moi. Il vient très doucement et me dit qu'il m'aime et me demande s'il me fait mal.

Je reconnais ce regard dur qu'il avait le soir du 1er janvier et je comprends que c'est le désir, et il n'y a rien de meilleur au monde que cette force qui nous rassemble. Et il se passe une chose étrange. J'attendais d'être emportée, balayée par le plaisir ou la passion ou la souffrance. J'attendais l'obscurité et c'est la lumière.

Je vois cet homme sur mon ventre, ses cheveux gris dans mon cou, ses mains crispées sur mes épaules, son effort, sa douleur peut-être. Et je lui offre cette déchirure qui ressemble au plaisir, cette tendresse qui ressemble à l'amour, mon silence, mes yeux ouverts, ce commencement, ce premier don.

Et quand après il s'abat contre moi, j'embrasse son visage mouillé, je berce son corps en nage; et c'est moi la femme, et c'est lui l'enfant.

CHAPITRE XXIV

LE MÉDECIN ET NON LE PÈRE

Je suis arrivée à Pontoise tard dans l'après-midi. Tout était noyé. Dans la lumière des lampadaires on voyait la pluie tomber en poussière fine et serrée. A Paris, la pluie fait monter une odeur de trottoir sale; ici c'était celle de la terre. On sentait la campagne tout près.

Cela faisait longtemps que je n'étais pas venue dans cette rue : une rue montante et étroite bordée de petits commerces qui, deux fois par semaine, installaient leur marchandise sur la chaussée. Papa avait dû faire mettre des doubles fenêtres à son cabinet à cause du bruit.

Je me suis arrêtée devant la plaque : « *Le docteur Moreau reçoit le mardi et le vendredi de deux à sept.* » Il disait que c'était ces jours-là qu'il se sentait vraiment utile. Beaucoup de gens ne seraient jamais venus le voir s'il leur avait fallu prendre rendez-vous. C'était un peu comme pour d'autres entrer dans une église; la porte est ouverte, alors on sent qu'on en a besoin et on se lance.

Le vestibule était étroit et blanc avec une rangée de chaises paillées alignées contre le mur. J'ai reconnu la longue horloge à pied qui était en Bourgogne et que grand-mère nous avait donnée. Enfant, elle me fascinait à cause de son balancier; soleil têtu, mais surtout à

159

cause de sa voix. Elle sonnait tout deux fois : une fois triste, une fois gai. Papa assurait que sa vue apaisait ses clients et que presque tous, en entrant dans son cabinet, lui parlaient de l'horloge. L'un d'eux s'était même mis en tête de la lui acheter, prétendant qu'il se porterait mieux s'il l'avait dans sa chambre. Je la retrouvais et je comprenais. Elle apprivoisait le temps. Elle en faisait quelque chose de sûr sur quoi on pouvait s'appuyer.

Trois personnes attendaient déjà : une grosse dame avec son fils, un gamin à l'air craintif qui n'arrêtait pas de mettre ses doigts dans son nez, et une femme enceinte. La femme enceinte tricotait en lisant une revue. Si elle avait pu, en plus, utiliser ses pieds, je suis sûre qu'elle ne s'en serait pas privée. Elle avait l'air solide et de savoir où elle allait. Elle me faisait envie et peur.

J'ai sorti mon livre d'histoire et essayé d'étudier; mais les mots me fuyaient. Là-bas, au bout du couloir, c'était mon père. La preuve ? Ecoutez : il n'aime pas les rasoirs électriques ni la mousse mentholée. Il mange les cartilages de la raie. Il est maniaque pour ses chaussettes. Il dort du côté gauche.

J'avais craint que ce ne soit lui qui vienne chercher les gens mais c'était l'infirmière. Une vieille fille à lunettes qu'il appréciait car elle savait être ferme au téléphone. Quand on dit à papa : « venez », il court ! Il a été un jour appelé pour quelqu'un qui vomissait du sang; il a foncé; c'était une indigestion de tomates.

L'infirmière apparaissait au bout du couloir et disait : « Au suivant! » Quand elle a appelé la grosse dame, le petit garçon s'est mis à pleurer. « N'aie pas peur, il ne te mangera pas », disait la mère. Après ça, il n'a plus voulu du tout y aller et on a dû le traîner.

La femme enceinte a disparu à son tour. Puis cela a été moi. Nous étions dans un petit bureau crème et j'entendais la voix de papa de l'autre côté du mur. L'infirmière m'a regardée, moi et mon cartable à dos, d'un air étonné.

« Nom, prénom, adresse. »

J'ai dit :

« Pauline Moreau. La Marette. »

Elle a cessé d'écrire et froncé le sourcil, comme si je lui faisais une mauvaise plaisanterie. J'ai soutenu son regard. Je la suppliais de comprendre. Tout à coup, j'avais peur qu'elle me chasse.

« Vous voulez voir votre père ?

— Le consulter.

— Il vous attend ?

— Non. »

Elle a regardé la fiche sur laquelle elle avait commencé d'écrire et hésité.

« Age, profession, est-ce la première fois que vous venez consulter le docteur ? »

Je l'aurais embrassée. Age : dix sept et demi ! Profession : lycéenne. Oui, c'était la première fois ! Je voyais tous les jours mon père, je n'étais jamais venue consulter le docteur.

Quand nous sommes entrées dans son bureau, il était au téléphone. Tourné vers la fenêtre, vers la pluie qui tombait de plus belle, il ne m'a pas vue tout de suite et cela a été le pire moment ! A cause de ses chaussures, surtout. Il portait les chaussures épouvantables que maman voulait jeter mais dont il disait que c'était de vieilles camarades. Sur la belle moquette chocolat du bureau, c'était vrai que ça n'allait pas et c'est en les voyant, je ne sais pourquoi, que j'ai réalisé que j'étais venue le frapper en traître. La secrétaire a posé ma fiche sur le bureau et je l'entends encore refermer la porte, très doucement, plus doucement, j'en suis sûre, que si ça n'avait pas été moi, là.

Alors Charles s'est retourné et il m'a vue.

Il y a des moments où l'on se parle à voix basse, très vite, pour s'empêcher de penser, ou pour se donner du courage. Je me répétais : « Oui, papa ! C'est moi. Regarde. C'est moi, c'est bien moi ! » Et lui ne disait rien. Il regardait ma fiche, puis moi, mon cartable aussi, d'un air de ne pas savoir s'il devait rire ou rester sérieux. Je pense que c'est ma fiche qui l'a décidé pour le sérieux.

« Assieds-toi, Pauline. »

Cela a été un choc parce que jusqu'ici il n'avait jamais eu besoin de me dire de m'asseoir pour que je le fasse. J'avais l'impression qu'il s'adressait à une autre. Dans la rue, une voiture essayait de se garer et on entendait tout malgré les doubles fenêtres.

« Je t'écoute, ma petite fille! »

Toutes les belles phrases longuement préparées durant le trajet en mobylette : les « c'est le médecin et non le père que je suis venue consulter »... Les « agis comme si j'étais une inconnue »... se sont évaporées lorsqu'il a dit cette phrase. Les joues en feu, je n'ai su que lancer :

« Je voudrais que tu me donnes la pilule. »

Quelque chose a changé dans son regard et j'ai eu conscience que c'était pour toujours. Pour toujours je serais venue le voir et je lui aurais demandé la pilule. C'était irrémédiable. Il y a eu en moi comme une déchirure et, une seconde, j'ai regretté.

« Tu as rencontré quelqu'un ?

— Oui.

— C'est sérieux ?

— Oui. »

Sa voix était retenue.

« Pourquoi est-ce moi que tu es venue trouver, Pauline? »

J'ai relevé la tête.

« Je ne voulais pas faire comme Claire. »

C'est-à-dire être lâche, agir en douce. Mais comme elle, finalement, je le mettais au pied du mur. S'il refusait de me la donner, cette pilule, il devait bien savoir que j'irais m'adresser à un autre.

« Vous avez déjà...? » a-t-il demandé, et son regard a vacillé.

J'ai simplement fermé les yeux. Oui! Nous avons

déjà. Il s'est levé. Il a fait quelques pas dans la pièce.

« Pardonne-moi, Pauline. On a beau s'y être préparé, c'est ridicule, mais quand ça arrive à sa fille... »

Je savais. Je savais parce que pendant que Pierre me caressait il était là, mon père, d'une certaine façon.

« Et tu ne t'es pas dit que c'était un peu tôt ?

— Je n'y pensais pas. J'avais même plutôt peur. Et puis je ne sais pas ce qui s'est passé. Je l'aime.

— Et lui ? »

Comme de la rancune dans sa voix.

« Lui aussi.

— As-tu envie de m'en parler ? » a-t-il demandé, toujours de cette voix contenue, comme si les mots prononcés normalement l'eussent blessé.

J'ai secoué la tête. Non. Je ne saurais pas assez bien pour qu'il comprenne. Il est allé prendre sa pipe dans la poche de sa veste. Je me demandais si quelqu'un attendait dans le vestibule. Je suivais le mouvement du balancier : le même que tout à l'heure; et demain encore le même. Cela me donnait du courage.

« J'espère, a-t-il dit entre ses dents, qu'il se rend compte de ce qu'il a fait ! J'espère qu'il ne te fait pas marcher...

— Il n'a rien fait. C'est moi !

— Toi ?

— Je l'ai aimé la première. Je suis allée chez lui. Je l'ai relancé. »

Je n'avais pas l'impression que papa me croyait, et pourtant, ce 1er janvier, c'était bien moi qui étais venue chercher Pierre. « J'ai lutté, je me rends, viens... » Tout mon amour, d'un seul coup, a été là.

« Ta mère ? a dit papa.

— Je ne lui ai rien dit.

— Je peux lui en parler ?

— Je ne sais pas. »

Qu'il lui en parle s'il le désire, mais moi, je ne veux pas. Pas maintenant ! Je ne pourrais pas.

« Je comprends », a dit papa.

Il est venu s'asseoir près de moi, sur le second fauteuil dont le coussin était chiffonné, peut-être par la grosse dame.

« Ecoute-moi... Tu me prends au dépourvu mais je vais essayer de te dire ce que je pense. Après, on n'en parlera plus. Ou seulement si tu le souhaites. »

Il s'est concentré un moment, les yeux sur ses mains. J'étais gênée.

« Je n'ai rien contre l'amour; contre faire l'amour. Vraiment rien. C'est un acte naturel comme manger, dormir ou boire. Mais pour manger, dormir ou boire, tu n'as besoin de personne, alors que l'amour se fait à deux; et cela change tout ! »

Il a levé les yeux et regardé au loin.

« Si tu savais, ma chérie... Tous ces gens qui viennent me voir ! Ces pauvres gens... Ce dont ils souffrent avant tout, c'est la solitude. Finalement, toute la vie, on ne fait que chercher son double. Un être qui nous accepte, nous « reconnaisse », nous aime... comme lui-même. »

Il a baissé les yeux. Il tenait sa pipe dans le creux de sa paume et je voulais être cette pipe, partie de lui-même, lovée dans sa chaleur.

« Cet être, ce... rempart, ce frère, on ne l'approche jamais aussi bien que dans l'amour. A condition que l'amour soit ce qu'il devrait toujours être : une communion. Deux corps, deux esprits, deux regards qui se fondent. Et alors, oui, c'est sûrement ce qu'il y a de meilleur au monde ! »

Son regard était arrêté maintenant sur le portrait de maman et j'ai su ce qu'il allait dire; et j'en étais, à l'avance, formidablement réchauffée. Nous étions là aussi, toutes les quatre, dans un coin du bureau, en rang d'oignons, l'air complètement cruches.

« J'ai eu la chance de rencontrer cet être. Pour tout, je peux dire " nous ". »

Il m'a regardée à nouveau. Il était beau. J'aurais pu l'aimer, lui aussi.

« Ne fais pas l'amour quand seul ton corps réclame. Tu te priverais de l'essentiel. Et n'écoute pas ceux qui prétendent le contraire. Choisis d'être difficile, exigeante. Choisis uniquement le très beau, le très bon. »

C'était les mots de Pierre. J'étais bouleversée de paix. « Si on te dit que l'amour n'existe pas, qu'il n'est qu'attirance de deux chairs, ne le crois pas... » Mon père venait de nous donner son accord. J'aurais voulu pouvoir le lui dire, mais, en voyant son visage, il m'a semblé qu'il était blessé et que je devais me taire.

Il est allé à son bureau. Il a mis ses lunettes et rédigé l'ordonnance. Je me suis approchée de lui. Ce n'est pas parce que j'ai fait l'amour que quelque chose est changé entre nous! Tout est pareil et je t'aime davantage. Il faut que tous les parents comprennent cette évidence : davantage !

Il a levé les yeux.

« Ma chérie, a-t-il dit, ma petite fille. »

CHAPITRE XXV

FORCÉMENT « NOUS »

Je me disais : « Tout est bien ! » Je me le répétais sans cesse. Chaque matin, je traversais l'hiver pour me rendre au lycée, la campagne figée, le ciel bas que les arbres semblaient porter au creux de leurs branches et je me disais : « Tout est bien ! » Je m'asseyais devant ma table, parmi mes camarades ; je sortais mes cahiers et mes livres, j'écoutais mes professeurs, je m'instruisais. Tout était bien.

C'était cela, finalement, qu'apportait un amour réussi : le sentiment très simple que les choses étaient en place et soi parmi les choses. Cela vous calait : partout, dans tout. A un, on ne pouvait pas. Papa avait raison.

Comme les révolutionnaires, j'aurais voulu changer le calendrier. Il y aurait eu « avant Pierre » ; il y aurait depuis. Mais je n'aurais coupé aucune tête. Je gardais tout : avant et pendant. « Après » n'avait pas d'importance ; ce serait forcément « nous ».

Je voyais Pierre chaque jour. J'allais à lui comme à une source. Je savais maintenant ce bouleversement total, ce plaisir au-delà de ce qu'on peut décrire. Maman m'avait expliqué un jour qu'un parachutiste ne s'habituait jamais à sauter. Devant la porte, face au puits bleu, il éprouvait, paraissait-il, à chaque fois un vertige neuf. C'était pour moi, dans l'amour, à chaque fois la même stupéfaction devant un bonheur si intense.

J'avais voulu que ce soit comme la mer, aussi beau, doux et irrésistible. C'était tout cela dans sa profondeur. C'était sous la vague, c'était dans l'écume; et je retombais sur la plage, nette, heureuse, apaisée.

Pierre m'apprenait que le plaisir s'apprivoise, se contrôle, se prolonge, se gagne; qu'il vient à la fois de l'ignorance et de la connaissance; que les mots vont avec les caresses et les rendent meilleures, et les conduisent à l'âme. Je n'avais plus peur de le regarder, plus honte de me montrer. Il me semblait qu'il était moi.

J'aimais aussi voir cet homme — mon amour, qui m'avait tant impressionnée — en mon pouvoir. Je devenais savante pour le faire crier. Je savais là où il n'en pouvait plus. Je savais être lente. Je savais me fermer pour mieux m'ouvrir ensuite. Et tout cela était beau et faisait partie du don.

J'allais à Pierre comme à une source, je rentrais chez moi comme dans un berceau. Tout était bien à *La Marette*. Claire disputait à nouveau le croûton du pain à Cécile. La lumière de l'entrée était réparée et m'attendait chaque soir, sur le perron. Je montais les six marches arrondies, la main sur la rampe de pierre, et rappelais à moi toutes ces fois où je les avais gravies sans me douter; et bientôt la pierre serait chaude, il ferait jour, le jardin sentirait la fleur et je monterais ainsi, emplie de lui.

J'étais toujours à l'heure pour dîner. Jamais je n'avais senti maman plus près, bien qu'elle ne m'ait parlé de rien. Quand papa m'embrassait, c'était vraiment moi maintenant, pas seulement l'une des quatre. J'avais changé, c'était évident. Claire me regardait de côté, sans rien oser demander. Je ne sais ce que pensait Bernadette mais, en passant, un jour, elle m'avait dit :

« Fais pas de conneries »... et j'avais ri, j'avais ri. Cécile m'espionnait, mais était par bonheur considérablement absorbée par Stéphane qu'elle s'appliquait à conquérir. « Pour la beauté du geste », m'avait-elle expliqué cyniquement.

On le voyait beaucoup à la maison. Quelque chose avait changé entre Bernadette et lui depuis l'histoire de Claire. En quelque sorte, il était sorti vainqueur de l'épreuve. Il avait avec maman de grandes discussions sur tout. Bernadette faisait semblant d'être jalouse mais son plaisir était visible. Je me demandais parfois si elle faisait l'amour avec Stéphane. J'avais du mal à l'imaginer. De toute façon, cela devait être si différent de Pierre et de moi. Ils étaient si jeunes !

Pour Jean-Marc aussi, tout était miraculeusement mieux. Il était rentré chez lui où il se reposait. On ne pouvait s'empêcher de reprendre espoir et en même temps on se sentait rassuré pour soi. La naissance était pour avril. Cécile disait que Jean-Marc dormait, l'oreille sur le ventre de Marie-Agnès, à l'écoute de leur enfant.

Papa avait toujours été hostile au fameux Nicolas. Il pensait qu'il avait sur Cécile une influence détestable et réclamait, avec autorité cette fois, qu'il soit présenté à maman. Cécile résistait. « L'année prochaine », disait-elle, Nicolas devait partir pour l'Amérique; il était donc inutile de se mettre en frais. Aussi étrange que cela paraisse, ce départ ne semblait pas l'attrister.

Et les taupes prospéraient ! Le taupier, rappelé d'urgence, ayant eu la mauvaise surprise de ne retrouver aucun piège, avait rendu son tablier.

Je travaillais mieux. Mieux qu'avant Pierre. Alors, je le découvrais à présent, mon corps m'était une gêne. Maintenant, quand je rentrais le soir, j'étais légère. Loin de me fatiguer, l'amour me donnait envie d'agir. Il me donnait envie d'être forte, de réussir. Il me donnait faim de vie. Oui, décidément, tout était bien !

CHAPITRE XXVI

L'ARBRE BRIGITTE

Vers la fin janvier, comme je traversais le Luxembourg pour rejoindre Pierre, Béa surgit devant moi.

« Sais-tu que Brigitte est rentrée? Depuis huit jours! »

Elle dit cela et déjà elle était loin; enveloppée de son grand poncho mexicain qui ne laissait apparaître que deux tuyaux de jean, sous son bonnet de trappeur, avec ses déguisements. Je restai d'abord immobile, la regardant disparaître. Un jour, à peu près au même endroit, elle m'avait dit : « Brigitte est restée à la montagne; Angèle a les oreillons. » Les oreillons étaient une longue maladie : une de celles à ne pas « refroidir », disait papa. Je ne m'étais pas posé de questions. Cela tombait bien !

« Brigitte est rentrée... » Béa avait lancé cette phrase d'un ton neutre mais je ne m'y trompais pas. Elle m'avertissait. Que savait-elle exactement ?

Je repris ma route, plus lentement. Depuis l'histoire de Claire j'avais évité Béa. Son comportement m'avait déçue. Mais était-ce seulement à cause de Claire ou parce que chaque jour je prenais ce chemin pour aller retrouver son oncle ? Il n'y avait personne sur les bancs au bois gercé. Les gens marchaient d'un pas pressé, exhalant de légères bouffées de brouillard, comme des messages. Que savait Béa ? « Brigitte est rentrée depuis huit jours... » Pierre m'avait dit qu'elle occupait avec Angèle un petit appartement pas loin de l'atelier. Je savais qu'il les y rejoignait le soir. Depuis huit jours Brigitte et Angèle étaient là, à quelques pas de l'endroit où je venais chaque après-midi m'étendre dans ses bras, et je ne le savais pas !

« Que se passe-t-il ? » demanda tout de suite Pierre. Il m'avait prise aux épaules et cherchait mon regard.

« Que se passe-t-il, mon amour ?

— Brigitte ! » Il ne parut pas surpris :

« J'allais t'en parler. »

Il m'aida à retirer mon duffle-coat et mon cache-nez. Il me dit que j'avais les yeux quetsche, le nez framboise et les lèvres cerise, et que tout cela composait le plus savoureux cocktail de fruits qu'il ait jamais dégusté. Il était gai comme d'habitude. Comme d'habitude nous nous assîmes sur le canapé devant lequel il avait préparé des sandwiches d'où sortaient des languettes de menthe. Il ne semblait pas pressé de parler. Mais moi je voulais savoir tout de suite ! Ce n'était pas la jalousie; seulement, depuis les paroles de Béa, il y avait une ride sur notre paix. Je voulais effacer la ride. Il rit et déclara qu'il se tairait jusqu'à ce que j'aie mangé les sandwiches parce que je n'avais pas fini de grandir !

Brigitte était rentrée depuis une semaine. Il lui avait tout de suite appris pour moi. Dès le premier soir.

En face de nous, sur le chevalet, se trouvait le tableau auquel il travaillait : des galets, du sable, des rochers. Du vent, une mouette, et, là-bas, un îlot brun et vert mouillé.

« Quand un couple s'accorde la liberté mais décide de rester couple, il faut que chacun continue à partager le plus possible de la vie de l'autre. Si l'on se cache l'important, c'est fini ! Tout fout le camp. »

Je forçais la barrière de couleurs et m'enfonçais dans le tableau. La marée était tout à fait basse; la mer mourait par petites flaques et il y avait dans ce paysage quelque chose d'irrémédiable qui me prenait au cœur. Pierre m'a dit qu'en Bretagne, lorsque la mer est basse, le sol parle. C'est un concert de crépitements. C'est un cri immense qui réclame la vie. Avec le flot, la vie s'en était allée et qu'il ait fixé sur sa toile cette absence, cet appel, faisait douter qu'elle revînt jamais. Pierre avait fixé le moment de la plus grande angoisse.

« La liberté, disait-il, ce n'est pas de fermer les yeux, mais de continuer à marcher ensemble, en se regardant, en acceptant ce que vit l'autre. »

Au loin, sur la petite île, on distinguait une forme. C'était peut-être un arbre, ou peut-être un rocher; mais pour moi c'était Brigitte. A mer pleine, on ne l'aurait pas remarquée. A mer pleine, il y a trop à regarder, l'œil ne sait où se poser; ce ne sont pas seulement ces passagers de la mer, les oiseaux et les bateaux, mais l'immense respiration de ciel liquide, la même qu'on porte en soi.

Il disait :

« Si je n'avais parlé de toi à Brigitte, je n'aurais rien eu à lui dire parce que depuis son départ, il n'y a eu que toi ! »

La tête sur la laine rude de son chandail marin, je regardais l'arbre Brigitte, l'absence de mer. J'aurais pu la rejoindre à pied sec.

« Qu'est-ce qu'elle a dit ? »

Il me serra davantage contre lui.

« Qu'elle t'avait devinée ! Qu'elle te voyait sur mon visage. Qu'il y avait une lumière... »

Je me souvins quand j'étais venue avec Béa, la seconde fois, et qu'elle était là. Son regard profond et chaleureux m'avait fait du bien. Son sourire m'avait mise à l'aise. Je m'étais dit : « une femme ».

« Pourquoi ne m'as-tu parlé de rien ? »

Il ne répondit pas tout de suite. Sur son visage, à présent, en plus de l'amour, il y avait la souffrance.

« Parce que cette lumière change tout. Elle a appris à Brigitte que je t'aimais ! »

Il me prit dans ses bras. Puisque c'était la lumière de l'amour, pourquoi éprouvais-je cette angoisse ? Il m'embrassait. « Parce que je t'aime, je t'aime. » Sa voix résonnait autrement et il me semblait que les choses avaient changé de place, ou de volume, je ne sais pas. Ou peut-être les voyais-je pour la première fois dans leur réalité, ces choses qui n'étaient pas seulement Pierre, Pierre et moi, mais aussi Brigitte, et la vie de Pierre avec Brigitte.

« Rien n'est changé, mon amour... »

Et pourtant l'amour fut différent. Plus intense, avec un goût autre : de fraises sauvages. Je ne sais pas pourquoi, à l'instant, je pense : « un goût de fraises sauvages... » Celles qu'on trouve par hasard, par chance, un éclair rouge sous une feuille; et l'on se baisse; il faut les prendre très délicatement entre deux doigts pour ne pas les écraser. Le goût en est très fort et bref, chargé de rêve, un peu du vol.

CHAPITRE XXVII

UNE QUESTION DE REGARD

Je pris le métro, le train, ma mobylette, les chemins d'hiver. La grille grinça, le gravier bruit sous mes pieds, la lumière était allumée en haut des marches arrondies, l'odeur de la maison m'enveloppa.

Il avait dit : « Rien n'est changé », et pourtant je ne me sentais plus la même. Hier, tout était lent, posé, comment dire ? : plein de temps, d'avenir, donc lent, oui ! La phrase de Béa : « Brigitte est là », avait mis en marche quelque chose qui ne voulait pas s'arrêter et m'entraînait, malgré moi, vers un inconnu que je redoutais.

Pourtant, il était évident qu'elle rentrerait un jour. Et il était évident que Pierre lui parlerait de moi. Et puisqu'ils s'étaient accordé la liberté, tout pouvait continuer comme avant. La seule chose qui comptait était ces mots : « Parce que je t'aime, je t'aime. » A partir d'eux, tout était simple. Je me répétais : « Tout est simple », comme je me disais hier : « Tout est bien. » Mais le malaise ne passait pas. La mer était basse. Brigitte apparaissait sur l'île et nous regardait.

Je fis semblant de manger. Je fis semblant d'écouter, d'être là. Cécile ne déridait pas. Jean-Marc allait plus mal et papa ne voulait pas qu'on le renvoie à l'hôpital ! Il nous avait trop parlé du droit qu'avait chacun de mourir dans son lit, parmi les siens, pour qu'on ne devine pas que c'était mauvais signe. Depuis trois jours, Cécile faisait pratiquement la grève de la faim pour nous punir. Le mot « rémission » rôdait. Quel mot terrible ! Ce sursis que la mort vous laissait me faisait penser à l'histoire du prisonnier. C'était pendant l'Inquisition : la suprême torture. On laissait croire au prisonnier qu'il pouvait s'échapper. La porte du cachot est entrouverte ; il se traîne dehors. Il respire l'air de la nuit. Libre ! On le rattrapait à ce moment-là.

Pour égayer l'atmosphère, Bernadette passa tout le repas à interroger papa sur le Liban où il y avait la guerre. Papa supporte très mal les guerres. Alors qu'il s'acharne à sauver une vie par-ci, par-là, là-bas il en part d'un coup des centaines, et des jeunes pour la plupart, des bien-portants, avec des poumons, des cœurs, des jambes et des bras en parfait état ; cette pensée lui est insupportable. Tout était finalement une question de regard, dit-il. Il y avait ceux qui voyaient loin et ceux qui voyaient seulement ce qui était à proximité. Pour ceux qui voyaient loin, ou qui entendaient trop bien, ce n'était plus vivable.

Après le dîner on se réunit au salon. Agenouillée devant le feu. Bernadette cirait ses bottes avec tant d'amour qu'elle semblait leur faire la conversation. Claire lisait. Je regardais monter les flammes et je me disais : « Brigitte est là ! » Et, bien vite : « Rien n'est changé ! » J'étais assise sur mon tabouret. Le feu chauffait doucement mes jambes et plus haut. Je voyais les mains de Pierre. Il les appelait « ses mains de paysan ». Je les appelais « ses mains de pêcheur » : carrées, fortes, mais si douces quand il m'aimait, si adroites et si tendres. Je les voyais, et elles étaient tellement pleines de mon corps qu'il me semblait qu'elles m'appartenaient. Je pensais au moment où il écartait mes jambes pour me caresser et j'avais mal de le désirer...

« Tout est une question de regard », avait dit papa. Au Liban, des gens mouraient ; et ailleurs d'autres avaient faim et d'autres étaient prisonniers; et moi je désirais Pierre! Et quand maman m'embrassa un peu plus fort que d'habitude pour me dire bonsoir, j'eus les larmes aux yeux, comme si elle m'eût pardonné d'avance je ne sais quel affreux égoïsme.

Le lendemain, il vint me chercher au lycée!

Il était, comme l'autre fois, sur le trottoir d'en face, appuyé au mur, les yeux fixés sur la porte. Il avait l'air fatigué; il me sembla âgé. Puis son regard rencontra le mien et son visage devint tellement neuf que ce me fut une douleur.

« Je t'emmène prendre quelque chose », dit-il.

Nous ne parlâmes pas pendant le trajet. Au début, avec lui, les silences m'avaient effrayée. S'ils s'établissaient entre nous ils me semblaient menaçants : Pierre s'ennuyait avec moi! Il ne trouvait rien à me dire! J'avais vu, parfois, au restaurant, de ces couples murés chacun de leur côté et ce spectacle m'avait été insupportable. Puis le silence était devenu pour nous une autre façon d'être bien ensemble.

Aujourd'hui, il regorgeait de ce qu'il avait à me dire et qui devait être grave puisqu'il m'emmenait « prendre quelque chose » au lieu de m'ouvrir les bras dans son atelier. Et je comptais tout : nos pas, les arbres, les passants; et je me disais : « Vite! Vite, les feuilles! Vite, le printemps! Vite, que ces gens soient habillés léger... » comme si j'avais voulu dépasser ce moment et retrouver, plus loin, la douceur, la lenteur.

« Si je t'avais parlé chez moi, dit Pierre, j'aurais eu trop envie de te prendre dans mes bras! »

Nous nous installâmes dans une arrière-salle de café. Elle devait servir de salle de restaurant. Il y avait une grande tarte sous une cloche, des pains dans un torchon, une odeur de nourriture. A part un couple d'étudiants, nous étions les seuls clients. Pierre m'entraîna dans un angle. Il me laissa la place contre le mur et ferma l'issue avec son corps. Brigitte et lui avaient parlé toute la nuit. De moi. De nous : nous trois.

175

« Elle propose de s'effacer ! »

J'étais à peine étonnée. Cela continuait. Hier, Béa avait dit : « Elle est rentrée depuis huit jours », et les choses avaient commencé de bouger. Elles allaient de plus en plus vite. J'avais maintenant du mal à respirer.

« Elle ne t'en veut pas. Ni à moi. Mais elle a compris que ce qui se passait était très important. Elle dit qu'elle n'a pas envie d'y assister. »

J'entourais de mes mains mon verre de citronnade chaude. Je me disais : « Je ne mettrai pas de sucre dedans ! Je la boirai comme ça, brûlante et amère. » Pierre parlait à une autre, d'un autre couple, d'une autre histoire.

« Si elle a refusé que le mariage ne nous enchaîne, c'est qu'elle voulait que chacun reste libre devant un amour comme ça. »

Un amour comme ça ! Pierre et moi ! Pierre et Pauline ! Mon cartable était posé entre mes pieds. Je sentais sa boucle de fer contre mon mollet. Au début, on s'était moqué de moi au lycée parce qu'au lieu d'avoir un paquet de livres attachés par un élastique, je traînais toujours ce bon vieux cartable à dos. Mais on m'avait déjà deux fois volé mes sacoches de mobylette et finalement c'était le plus pratique. J'aimais aussi l'odeur du cuir et l'inscription que Bernadette avait fait à l'intérieur quand il lui appartenait et qu'elle était bête : « Je donne ce cartable à ma petite fille la plus douée, *signé* : Victor Hugo. »

Pierre passa son bras autour de mes épaules. J'y appuyai la tête. Une femme était entrée avec un sac à provisions. Elle avait longuement hésité entre plusieurs places et maintenant, assise juste en face mais trop loin pour entendre, elle nous regardait.

« Brigitte a été merveilleuse, mais, finalement, sans larmes, sans reproches, c'est le même vieux problème : toi ou elle ! En proposant de s'effacer, elle m'oblige à choisir. »

Tout s'arrêta. Choisir ! Voilà où depuis hier je me

sentais entraînée, vers ce mot, ce mur. On y était ! Et je ne comprenais pas. Il m'avait dit qu'ils se laissaient libres. Etait-ce la liberté que d'imposer un choix ? J'acceptais bien, moi, que Pierre tînt à Brigitte, qu'il l'aimât. Je ne voulais ni le quitter ni que Brigitte s'efface. Tout devait rester comme avant !

« Il faut qu'elle reste ! » dis-je.

Il eut un rire.

« Je le lui ai dit... Et je me sentais un salaud. Ce serait tellement simple de tout garder ! Mais je crois que j'agirais comme elle à sa place. C'est trop dur. »

Trop dur parce qu'il m'aimait vraiment. Parce qu'il avait changé et qu'elle le lisait sur son visage...

« Brigitte compte énormément pour moi ! Nous sommes semblables, frères, en un sens. Nous avons été deux enfants solitaires. Nous n'avons pas connu les bonheurs faciles. Nous nous comprenons... » Il s'interrompit et sa main serra fort mon épaule. « Mais je ne peux pas supporter l'idée de te perdre. »

Je fermai les yeux. Moi non plus ! Moi non plus ! Nous n'en étions qu'au commencement. Au tout début. La dame au panier à provisions nous regardait, mais cela m'était bien égal. J'enfonçais le nez dans la veste de Pierre. Je respirais fort son odeur ; j'aurais pu, parmi cent autres, le reconnaître à elle : un mélange de tabac, de peinture, de laine, de nous. Choisir... Je n'avais qu'à tourner la tête pour rencontrer ses lèvres. Je pensais « ses lèvres » et je défaillais. Ses lèvres...

« Mais tu te brûles », dit-il.

Il détacha mes mains du verre. Les paumes étaient rouges. Il les embrassa : l'une, l'autre. Choisir !

« C'est impossible », dis-je.

Ce n'était pas le moment, mais j'aurais voulu lui raconter pour Germain. Le choix entre sa vie et celle de Jean-Marc. Et ce ne serait pas Arthur, cette fois, qui arrangerait l'affaire.

« Regarde-moi », dit Pierre.

Il releva de force ma tête.

« Tu es la fête que je n'ai jamais eue. Tu es tout ce que je désirais, enfant : la tendresse, la joie, les bougies d'anniversaire, la maison. Et tu ne t'en rends même pas compte. C'est le tissu de ta vie. »

Lui, il était l'aventure, et le plaisir, et la force quand même.

« Si je te perdais, comment t'expliquer... Ce serait comme retomber, renoncer à une dernière chance; avoir frappé une dernière fois, pour rien, à la porte interdite. Je le sens. Je le sais. Je ne te retrouverai jamais. »

Il tourna son visage vers le mien et, à nouveau, il eut ce rire qui me faisait mal.

« Crois-moi, il me faut du courage pour te dire ça. Bien plus que pour me moquer des petites filles trop protégées. Je suis le renard qui a toujours crié : « Ils « sont trop verts », et qui, soudain, s'avoue la vérité et la hurle : « Je veux ces grappes, j'en suis affamé. » J'avais toujours rêvé de te rencontrer, Pauline. Toujours ! »

C'étaient des mots trop grands pour moi. Je ne les méritais pas. Ils me laissaient sans force.

« Tu ne dis rien, murmura-t-il.

— J'ai peur ! »

Je voulais l'obscurité de son atelier, la chaleur de son feu, ses toiles comme un voyage, et lui sur moi, et lui en moi. Je voulais que l'amour soit l'oubli de toutes les différences, la consolation de toutes les peines. Je voulais hier.

Je dis : « J'ai peur » et son visage se ferma. De nouveau, il m'obligea à le regarder.

« Alors, je vais te faire encore plus peur ! J'ai quarante ans et tu en as dix-sept. Je suis seul et tu as... tout. Pourtant, si tu veux, et même si c'est fou, entre Brigitte et toi, je dis toi. Je suis prêt, dès que tu le pourras, à te prendre avec moi. »

Sa voix quand il avait dit « toi » ! Grave, pleine. Comme le oui du mariage. Cette houle qui me soulevait, à la fois de bonheur, de fierté, mais aussi d'effroi.

« Je ne veux pas que tu me répondes maintenant ! »

Je l'entends encore dire avec difficulté : « Dans quoi t'ai-je entraînée, mon amour. » Puis il se tut.

Nous sommes restés un long moment comme ça. La tête dans son épaule, entourée de son bras, je nous sentais inséparables. Et pourtant, je regardais cette salle, la tarte, les pains, ces étudiants et cette femme avec son sac à provisions, et il me semblait que je les préparais pour le souvenir.

Un jour, me disais-je, j'appellerais à moi ce moment, cette minute de l'hiver de mes dix-sept ans où, bien que Pierre m'ait choisie, je sentais monter à mes yeux les premières larmes versées pour lui.

CHAPITRE XXVIII

NE PLEURE PAS, ANGÈLE

La voiture de papa était dans le garage. Il était parti grippé ce matin et maman avait insisté pour qu'il rentre plus tôt. Papa ne se soigne pas. Il attend que ça passe.

J'ai refermé la porte et je me suis arrêtée dans l'entrée. Devant moi, voyez, c'est l'escalier qui monte à la chambre de mes parents, et la salle de bain, royaume de Claire; et, plus haut, oui, mon grenier et l'antre de Cécile au mystérieux tiroir chargé de mort. Et, en face de moi, c'est la cuisine, les tartines grillées du matin sous la serviette chaude, les fleurs gaies de la toile cirée et les pommiers moins un, montant la garde devant la baie. A gauche, le salon, les sièges autour du feu, mon tabouret, les longues soirées, les discussions et les disputes, tout.

J'ai fermé les yeux et je me suis posée dans ma maison, lovée, blottie. « Protégée », avait dit Pierre. Ou, au contraire, à cause de tout cela, vulnérable?

La porte du salon était entrouverte. Dans son fauteuil, papa semblait lire le journal mais en réalité il dormait. La fièvre avait sans doute monté. J'ai regardé sa nuque penchée et je me suis sentie pleine de pitié pour nous; il y a quelques jours, j'étais allée le voir et je triomphais de tout; le battant de la pendule scandait : « tout est bien »; j'étais à Pierre tout en restant la fille de Charles et, si quelque chose avait changé, c'était en mieux, c'était en plus. Ce soir, Pierre avait dit « toi » et je regardais cette maison, ma maison, ces objets, et même mon père comme s'ils m'appartenaient moins et qu'ils m'aient seulement été prêtés pour un temps.

J'ai refermé doucement la porte et, la main sur la rampe, j'ai commencé de monter. Une odeur d'encens venait de chez Claire : sa nouvelle marotte. Tout était calme partout. Maman devait travailler à ses fameuses toiles. Cécile allait presque chaque soir faire la lecture à Jean-Marc. Bernadette rentrait plus tard à cause de Germain dont elle s'occupait après le manège. On aurait dit que tout s'était mobilisé pour faire silence afin que je puisse décider. « Je suis prêt à te prendre avec moi... »

Parler! Tout dire à quelqu'un. Demander conseil. Mais je connaissais d'avance les réponses! Ils ne verraient que son âge et le mien, que Brigitte et Angèle. Le reste, l'important aussi, la fête, notre entente, la joie, ils ne pourraient comprendre. J'étais la seule à pouvoir décider!

Mes livres étaient ouverts sur mon bureau et partout mes vêtements épars. Depuis la phrase de Béa, avant-hier, tout était en panne et il me semblait que même ma chambre m'abandonnait. J'avais l'impression de trahir tout le monde. J'ai ouvert la fenêtre et reçu en plein visage une gifle humide. La nuit est épaisse à la campagne. Elle est nourrie. Elle soupire, s'étale, et, quand on sort, s'enroule autour de vous. Le froid me pénétrait. Oh! oui, après tout, que je tombe malade et qu'on m'enferme, et qu'on me soigne! Ce qui se passait était trop fort pour moi, trop grand.

Là-bas, là où il y avait du bruit et des lumières, dans ses paysages de marée basse, Pierre attendait ma réponse; que je dise « toi », moi aussi! Alors, la mer monterait à nouveau? Brigitte disparaîtrait? Il avait dit « toi ». Il me demandait si je l'aimais assez pour qu'il quitte une compagne, une sœur d'au moins douze ans, l'âge de leur fille. Il m'ouvrait cet atelier où, jusque-là, je n'avais fait que passer. « Je suis prêt à vivre avec toi. Dès que tu le pourras... » Cela voulait-il dire dans six mois? A ma majorité? Je m'étais sentie femme; je redevenais enfant. Quitter la maison. Laisser les miens. Béa l'aurait fait, et d'autres dans ma classe. A moi, cela paraissait impossible. Mais impossible aussi de vivre sans lui.

Si je disais non, je ne le verrais plus. Je n'irais plus sur le canapé m'étendre entre ses mains. Il ne me ferait plus belle, plus large, profonde et douce. Je redeviendrais la Pauline d'avant, celle qui rêvait pour rien. Impossible. Je ne pouvais l'imaginer. Pouvait-on à la fois aimer tant et avoir si peur de dire oui?

Et Brigitte? Comment était Brigitte déjà? Que m'en avait dit Béa ce jour où elle m'entraînait de force à travers le Luxembourg dépouillé, parce que l'idée saugrenue lui était passée par la tête de présenter à son oncle peintre le produit de la tendresse, un reliquat de l'ancien temps.

Béa était à la porte du lycée, tenant une petite fille par la main. Une petite fille qui avait l'air de m'attendre et me dévisageait d'un air curieux.

« Je te présente Angèle : ma filleule! Je lui ai promis que nous irions goûter toutes les trois. »

Angèle me fit un grand sourire qui se perdit dans son passe-montagne, et me tendit la main. Elle avait la taille de Cécile, des yeux un peu creux. Maman lui aurait trouvé petite mine.

« On va chez Alley, dit Béa. J'ai réservé! »

Elle prit l'autre main d'Angèle et nous entraîna. Réservé? Elle devait plaisanter. Béa ne prévoyait jamais rien. Sa règle était de rester toujours disponible. Le gant d'Angèle glissait dans ma main. Elle la lâchait pour le remonter, la reprenait, la serrait fort. Alley était une pâtisserie-salon de thé un peu plus loin sur le boulevard Saint-Michel. Cinq minutes à peine. Il était quatre heures. Pierre m'attendait. Je ne resterais qu'un instant.

Et pourtant, c'était vrai! Elle avait réservé. La table ronde au fond de la boutique où on était tranquille mais n'avait pas la vue. C'était toujours plein, l'hiver, à la sortie des écoles, pour le chocolat chaud.

Angèle s'assit entre nous. Elle admira la serviette en papier, la flaira et l'étala largement sur ses genoux. Finalement, elle était plus petite que Cécile; ses pieds ne touchaient pas terre.

« Pendant ses oreillons, expliqua Béa, elle a lu un livre qui s'appelait : *Les Quatre filles du docteur March.* Ça lui a beaucoup plu. Quand je lui ai appris que c'était la même chose chez vous, elle a absolument voulu le connaître.

— Parce que je suis fille unique, moi », déclara Angèle.

Elle retira son passe-montagne. Elle avait une masse de cheveux noirs comme sa mère mais les yeux bleus de Pierre, en plus vifs, en plus neufs. Béa lui commanda un éclair et des chocolats chauds pour tout le monde.

« Dans le *docteur March,* c'est Jo, Beth, Meg et Amy, dit Angèle. Et chez vous? »

Je nommai Claire et ses longs cheveux de princesse, Bernadette notre cavalière, Cécile la poison. Et moi, Pauline, oui, mademoiselle. Elle aimait surtout Bernadette et Pauline parce que ça pouvait faire aussi des noms de garçon. Elle, ça faisait « Ange », ce qu'elle détestait; d'ailleurs, à l'école, quand on voulait la faire pleurer, on l'appelait « Satanelle ».

Pour la faire sourire, je dis qu'on avait aussi un garçon dans la famille et nommai Germain. Elle mit long-temps à deviner de qui il s'agissait. Béa la regardait, me regardait, ne disait rien. Etait-ce un hasard si elle m'avait amené Angèle aujourd'hui? Un jour, pour Pierre, dans un autre café, j'avais ouvert ainsi les portes de *La Marette*. Les lumières du soir s'étaient allumées avant l'heure, pour nous. « Alors? » disait Angèle.

Il n'était pas quatre heures et demie; je pouvais raconter un peu. Alors, le jardin! Le trou prêt pour un pommier neuf, le bassin l'été, à frotter à l'eau de javel à cause de la vase, et que de pantalons déteints! Angèle avait la même façon que Cécile de donner un grand coup de dent dans l'éclair et ensuite de lécher la crème qui coulait des côtés. « Alors? » Alors, chacune à son tour la corvée de dîner et Claire qui trouvait toujours moyen de nous offrir de la conserve ou du surgelé. Et les colères de papa quand Bernadette lui prenait ses pipes, Claire son rasoir, Cécile ses pastilles pour la toux, maman ses chers ciseaux qui coupaient aussi bien les ongles de la main droite que ceux de la main gauche. Et l'ami Nicolas qui avait vingt en tout sans jamais travailler, que Cécile s'obstinait à garder pour elle, ce qui faisait dire à papa les jours de bonne humeur qu'il devait avoir trois nez ou un seul œil sans cils au milieu du front.

Il était plus de cinq heures maintenant. Je me sentais envahie de brume. Pierre m'avait dit : « J'étais un enfant sans parents. » Cette petite fille n'était pas comme lui. Elle avait un père et une mère. Il avait dit « Toi »... « Alors? » disait Angèle.

Alors, Noël à l'américaine, les souliers de Jean-Marc, le coup de la télévision... Béa avait redemandé des gâteaux et, quand je racontai Cécile à l'émission, Angèle resta bien cinq minutes avec une grosse bouchée de mystère dans la bouche, sans la mâcher. Et les pièges à taupes que j'avais découverts au fond du garage sous un vieux sac à pommes de terre. Je savais bien que la poison ne suivait pas le taupier pour rien!

Il était presque six heures maintenant. Je devais me lever; dire « on m'attend », et filer, et courir. Les chocolats étaient finis. Il ne restait plus une miette de gâteau mais autour de la bouche d'Angèle une petite moustache brune. Et cette salope de Béatrice, le menton dans la main, me fixait de son regard bleu. Bien sûr qu'elle savait tout! Brigitte était son amie. Elle m'avait amené cette petite fille pour me rendre le choix plus difficile encore. Je me tus et la fixai. C'était fini, *La Marette*! J'avais tout dit. Elle se pencha sur Angèle.

« A toi! »

Angèle eut un sourire de fierté.

« Mon papa est peintre », dit-elle.

Elle regarda autour d'elle et annonça, pour tout le monde.

« Il fait la mer! »

Elle l'accompagnait souvent. Une fois, elle avait glissé sur une roche pleine d'algues et s'était foulé la cheville. Il l'avait ramenée dans ses bras, jusqu'au village, en chantant : « Ne pleure pas, Angèle. »

« Ne pleure pas, Angèle... » Comment était la vraie chanson, déjà? Quelles en étaient les paroles exactes? « Je ne veux pas d'un prince, encore moins d'un baron. Je veux mon ami Pierre. » « Je veux mon ami Pierre... »...

Son père savait faire les crêpes au froment avec une saucisse dedans. Son père savait réparer un filet. Son père disait que quand on soulevait un rocher pour en découvrir le dessous, il fallait toujours le remettre en place après, sinon c'était comme si on rayait une histoire écrite depuis vingt ans.

Je ne regardais plus l'horloge. Je n'avais jamais eu rendez-vous avec le père de cette petite fille. Il ne m'avait jamais prise dans ses bras. Il ne m'avait jamais proposé de l'abandonner pour moi. A un moment, Angèle m'a dit : « Est-ce que je pourrais venir chez toi? » C'était Cécile, évidemment, qui l'intéressait le plus. Et j'ai dit : « Oui, bien sûr, tu viendras quand tu voudras. »

C'est alors que j'ai rencontré le regard de Béa. Béa la

dure, la sans foi ni loi, qui se targuait de ne vivre que pour son bon plaisir et me poussait à faire de même ; et son regard était plein d'eau.

Il était plus de sept heures quand on nous a demandé de sortir. Il n'y avait plus que nous dans la boutique et une serveuse armée d'une grande pince rangeait les gâteaux. J'ai appelé Pierre d'une cabine. Personne n'a répondu.

CHAPITRE XXIX

LA PORTE INTERDITE

« Tu n'es qu'une garce », dit Bernadette.

Elle lâcha ma main. Se leva. Commença à marcher dans ma chambre; renversa au passage mon cartable d'un coup de pied.

« Tu t'es jetée à la tête d'un homme marié !

— Pas marié !

— Où est la différence? »

Je lui avais parlé du pacte entre Pierre et Brigitte; elle n'avait pas dû comprendre. Je tentais d'expliquer à nouveau. Elle se mit à rire.

« Et Angèle? Tu crois qu'elle l'a signé, leur pacte? Tu le lui as demandé? Tu aurais dû, tiens! Ça m'aurait intéressée de connaître la réponse.

— Je l'aime...

— Bravo! Quand tu as senti que ça venait, dès la première seconde, tu devais te barrer.

— Je ne comprenais pas ce qui m'arrivait. »

Elle se planta en face de moi.

« Et le 31 décembre, tu n'as peut-être pas compris ce que tu allais faire chez lui? A minuit? »

Elle s'interrompit, comme saisie d'une pensée insupportable.

« Tu n'as pas mis mon corsage, au moins, pour y aller? Ça ne s'est pas passé dans MON corsage? »

Je secouai la tête. C'était France qui avait mis son corsage! Moi, j'avais choisi la robe de pionnière. J'avais marché pieds nus dans la rue et Pierre m'avait rappelé que c'était l'hiver. Il ne s'était rien passé ce soir-là qu'un baiser très long.

Bernadette s'assit sur une chaise, résolument loin de mon lit, de moi. Quand Claire était partie, elle l'avait jugée avec plus d'indulgence. Elle lui avait trouvé des excuses. Pas pour moi. Rien pour moi. Une garce! Pourquoi lui avais-je parlé? Mais elle m'avait prise en traître. Elle était entrée dans ma chambre; elle était venue s'asseoir sur mon lit. Elle avait mis sa main sur mes cheveux et dit : « A quoi ça sert, la famille, si c'est pour souffrir toute seule? » Elle avait dit « souffrir » et tout était venu. Soudain, je n'en avais plus pu.

« Et maintenant? Qu'est-ce que tu décides?

— Je ne sais pas. Je n'arrive pas.

— Alors tu vas m'écouter, dit-elle. Il a dit « toi », d'accord! Réponds « oui » et tu fais quatre malheureux! »

Je la regardai sans comprendre : quatre?

« Eh bien ça commence par Angèle et Brigitte. Tu crois peut-être que c'est de gaieté de cœur, en chantant, que Brigitte s'efface! Tu crois que sa vie va rester debout! Angèle, j'ai l'impression que tu as compris. Ça se poursuit avec Pierre quand il se rappellera que tu as dix-sept ans; et ça se termine avec toi quand tu t'apercevras qu'il en a quarante. »

Elle se leva à nouveau. Elle portait ses grosses chaussettes à raies tricotées par maman et qui lui arrivaient au genou. Normalement, l'année prochaine, c'était moi qui en hériterais. Elle ne pouvait pas savoir. Et si, justement, je l'aimais parce qu'il avait quarante ans? Et s'il avait très bien réalisé que j'en avais dix-sept et que cette différence nous rapprochait? Je les avais vus, chez France, les garçons de mon âge! Je l'avais goûté, son Jérôme!

« Et d'abord, dit-elle. Ce fameux « toi », qu'est-ce que

ça veut dire ? Qu'est-ce que tu crois qu'elle fait, Brigitte, à part l'amour ?

— Mais...

— Et ton Pierre ? Tu crois qu'il vit un pinceau à la main et la mer dans les yeux ? Il dort comme tout le monde, il se racle la gorge, il perd ses boutons et râle si les pommes de terre sont mal cuites. Et sa Brigitte, elle lave son linge, épluche les patates et quand il est de mauvais poil, elle écope.

— Mais...

— Tu vas aller la remplacer à la cuisine ? Partager sa vache enragée ? Vivre avec lui ? »

Je ne répondis pas. Vivre avec lui... Moi, quand je me disais ça, jusqu'à hier, je ne voyais que ses bras autour de moi.

« Mais tu te dis que tu as dix-sept ans et c'est rudement pratique. Mademoiselle voudrait tout garder : la maison, l'école et l'amour. Ne se mouiller nulle part. Et lui, le soir, plus de Brigitte, pas de Pauline ! Et Brigitte, le soir ? Et Angèle, le soir ?

— Je l'aime, dis-je avec révolte. Je l'aime vraiment. »

Elle se leva.

« Alors debout, dit-elle d'une voix sèche. Qu'est-ce que tu attends ? Vas-y ! Tout de suite ! Fais ta valise. Je me charge des parents. On n'ira pas te chercher, je te le promets. Après tout, tu es majeure dans six mois. »

Elle alla vers la porte. Elle disait : « Fais ta valise », et je sentais bien que là était la peur, là mon angoisse. J'aimais Pierre mais je ne voulais pas partir, ou plutôt, je voulais mais je ne pouvais pas. Quelque chose de trop fort, de vital, me tenait ici. Oui, sans doute aurais-je voulu tout garder. Et quand, dans un réflexe, j'avais dit : « Il faut que Brigitte reste ! », c'était à moi que je pensais.

Debout près de la porte, la main sur la poignée, le regard sévère, Bernadette attendait. Elle ne pouvait pas comprendre ! Elle n'avait jamais été nue, ouverte, donnée, tout entière dans les bras d'un homme qui lui disait qu'elle était belle. Elle n'avait jamais éprouvé cet amour dont parlait papa, qui prend tout : l'âme, le corps et le regard.

« Tu n'as pas bougé, dit-elle. Ta valise est toujours dans l'armoire et toi bien au chaud dans ton lit. Tu as choisi : Brigitte et Angèle. C'est comme ça ! »

Non ! Ce n'était pas comme ça ! Je n'étais pas bien au chaud dans mon lit. J'avais mal, mal partout, de lui. Je revoyais le visage de Pierre quand il m'attendait à la sortie du lycée; la joie qui l'avait transformé quand j'étais apparue; si forte que cela m'avait fait mal et que j'avais eu honte, comme si je prévoyais. Je sentais le poids de sa tête sur ma poitrine quand je caressais ses cheveux après l'amour et qu'alors il redevenait enfant; mais enfant comblé; j'entendais ses paroles : « Tu es la fête que je n'ai jamais eue »... « Si je te perds, ce serait comme avoir frappé une dernière fois, pour rien, à la porte interdite »...

Et moi je claquerais cette porte ? Je le priverais de fête ? Je serais comme ces enfants, jadis, qui le faisaient souffrir du haut de leurs vies protégées ?

Il était tard, je pense. J'étais immobile sur mon lit, incapable du moindre geste. Un silence abominable avait envahi la maison et même le jardin. Les objets de ma chambre ne me disaient plus rien. Tout, ici, tous me refusaient aide. Demain menaçait. Maman ! Aller la trouver. « J'aime de toutes mes forces un homme de quarante ans qui a une femme et une fille. » Impossible ! Je ne pourrais pas. Et je connaissais la réponse. En plus tendre, en plus triste, celle de Bernadette : « Tu n'as pas le droit. »

Je n'aurais pas dû écouter Angèle. Je n'aurais pas dû parler à Bernadette. J'aurais dû courir à lui. J'avais mal. Parce qu'il y avait mon corps aussi : cette soif, ce besoin impérieux qu'il me caresse, et m'aime, et m'apaise. Il m'avait ouverte au plaisir, il m'avait appris à le lui donner. Que deviendrait ce corps sans le sien ? Non ! Ce n'était pas comme ça, Bernadette. Il n'y avait

190

pas que Brigitte et Angèle et une affaire de pommes de terre. Il y avait Pierre et moi. Les « comme ça », c'était trop simple ! Des mots de parents, des mots de gens qui ne savent pas écouter parler sous leurs mains les rampes des escaliers, que n'émeut pas une fleur fragile entre la pierre. Ce n'est pas comme ça. Tu te prends au sérieux, ma vieille, décidément ! Tu juges avec cet imbécile de recul qui fait qu'on n'aimerait jamais, qu'on ne se battrait jamais, qu'on n'essaierait jamais rien à cause des conséquences. Et si la vie ce n'était que des conséquences les unes au bout des autres ? En tout cas, de toute façon, pas comme ça !

CHAPITRE XXX

TROIS TOURS D'ÉCHARPE AUTOUR DU COU

Je n'allai pas au lycée, je courus chez lui. La clef était sur la porte. J'entrai. Il était là. Il ne me prit pas dans ses bras. Le canapé était défait, une couverture traînait par terre, à côté d'un cendrier plein.

« Oui, dit-il, j'ai dormi là ! »

Je dis :

« Hier, j'ai vu Angèle ! »

Il répondit :

« Je sais. Elle nous a parlé de toi à dîner. Ce que tu lui as raconté lui a beaucoup plu ! *Les quatre filles du docteur...* Elle nous a dit : « J'aimerais avoir une sœur « moi aussi. Au moins une. »

Je ne comprenais pas ce qui se passait. Pourquoi ce visage dur, ce ton ? Que lui avais-je fait ? J'allai à lui. Son regard m'arrêta.

« Quand j'ai vu que tu ne venais pas, j'ai compris que tu avais fait ton choix. »

Mon choix ? Mais non ! Je ne l'avais pas fait justement ! Et ce matin j'étais venue lui demander de m'aider. Il avait eu tort de choisir une salle de café pour parler : un de ces lieux anonymes et froids où les gens s'épient, où la vie est plate et sent l'envers de la passion. C'était ici, au milieu des paroles d'amour et des caresses, qu'il devait m'ordonner de rester. M'ordonner. Ici, je dirais oui.

« Mais j'ai compris aussi que j'avais été fou ! »

Fou ? Le mot me pétrifia. Il se taisait maintenant. Et moi, au lieu de protester, je restais là, sans bouger, sans comprendre. Et j'avais à la fois l'impression que tout s'enfonçait et qu'il jouait une comédie; et j'attendais qu'il me le dise. Il vint vers moi, me prit la main et m'emmena au canapé où il s'assit à côté de moi.

« En te disant « toi », avant-hier, je savais que c'était une folie ! Il me fallait ton « oui » tout de suite... ta folie en réponse... Alors, peut-être... Mais tu étais là, muette, tellement malheureuse que j'avais envie de te dire : « Ne t'en fais pas ! Nous ne vivrons pas ensemble »...

Je regardai ses mains à côté des miennes. Ce n'était pas Pierre qui parlait et il ne parlait pas de moi. « Nous ne vivrons pas ensemble... » Un jour, exactement à cet endroit, un autre qui lui ressemblait avait dit que sans moi ce serait comme tomber. J'attendais que celui-là veuille bien me prendre dans ses bras. Ce ne pouvait être qu'une question de secondes.

Il se leva, alla à la verrière et seulement je remarquai le soleil. C'était un soleil du matin, jeune et piquant, qui transformait les toits en lacs Je n'étais jamais venue ici à cette heure. Finalement, je ne connaissais presque rien de cet atelier. Je fixai le dos de Pierre, la chemise toute froissée dans laquelle je comprenais qu'il avait dormi.

« Angèle », dis-je.

Il se tourna d'un coup vers moi.

« Ce n'est pas Angèle. Et ce n'est pas Brigitte. Tu le sais bien. »

Il revint à sa table à dessin pour prendre une cigarette. Sa main tremblait. Je m'y accrochai. Elle tremblait fort, cette main; elle contredisait son ton brutal et me criait qu'il m'aimait encore. Il tira quelques longues bouffées et me regarda.

« Tu te souviens de ce soir où je t'ai appelée ? Je t'ai

dit que j'avais beaucoup lutté. Je sais maintenant contre quoi. La peur, moi aussi : celle de t'aimer. Je n'étais alors qu'extraordinairement attiré par toi. Je devais pressentir aujourd'hui. »

Quand j'essayais de lui plaire la seconde fois que j'étais venue là, le jour des crêpes, je ne trouvais aucun mot; aujourd'hui, pour me défendre, je n'en trouvais pas davantage. Je fixais les tableaux comme ce jour-là et peu à peu tout s'éclairait. Je comprenais ma peur, mon angoisse d'alors. Ces grèves abandonnées, ce cri, ces bateaux sans vie, tout ce gris, c'était aujourd'hui, maintenant. Pierre n'avait jamais fait que peindre ce moment. Et il continuait à parler, avec une colère dans la voix et comme s'il s'adressait aussi à lui.

« Non ! Ne crois pas que je t'en veux ! C'est à la vie... Elle a trop mis entre nous : la famille, l'éducation, l'âge. Et elle ne m'a pas fait assez fort, ou assez aveugle pour t'enlever à tout ça. »

Je me levai. Il fallait que cela cesse. Je vins vers lui. J'étais lourde comme un morceau de bois mort. Je l'entourai de mes bras; je me collai à son corps.

« Ça n'a pas d'importance, Pierre. L'âge, ça ne fait rien. »

Il eut un sourire, le premier. Et je pensai : « C'est fini maintenant ! » Et je m'efforçai de retenir encore un peu les larmes puisqu'il allait enfin me prendre dans ses bras.

« Et si cela avait tout fait, au contraire ? Si cela avait fait ton écharpe, ta peur, ton ignorance... et mon désir de t'apprivoiser, de t'apprendre. Et l'importance alors que tu as prise pour moi ! Et si cela faisait maintenant...

— Laisse-moi rester ! »

Je cachai mon visage dans son cou. Il pouvait bien garder les mains le long de son corps, je reconnaissais son odeur, là, entre le col et le cou, montant, chaude et puissante, et elle m'appartenait. « Laisse-moi rester... » J'essayais de m'y enfoncer.

Il m'écarta de lui, me tint à bout de bras comme

194

quelqu'un que l'on va secouer, à qui on va faire mal, à qui l'on refuse le droit de se défendre.

« L'autre jour, je ne te proposais pas le bonheur ! L'amour sûrement, mais la lutte. Si j'accepte que tu restes, je prendrai le risque de casser celle que j'ai aimée : la petite fille tendre, douce et vulnérable. D'en faire une autre. Tu me l'as fait comprendre. »

Alors je me suis mise à pleurer et à supplier. C'était donc à cause de moi, par ma faute, qu'il disait non. Et je comprenais seulement ce que cela serait sans lui. C'était bien simple. Je n'étais plus rien : un froid, un vide.

Je ne sais pas ce que j'ai dit. Je mélangeais tout : *La Marette*, l'amour, les mots d'hier que j'appelais à mon secours, la faim que j'avais de lui, sa voix, son regard, son corps. Après ce que tu m'as fait, Pierre, tu n'as pas le droit de me rejeter. Ce serait comme détruire une de tes toiles les plus vivantes ! Une où on entend le vent, où l'appel de la mer, même lointaine, fait crier le bois sensible du bateau. La lutte, la vie, je veux bien. Ça m'est égal. Ça m'est égal, la famille.

Un instant, quand ses bras m'ont entourée, quand ses lèvres sont venues chercher les larmes sous mes yeux, puis quand avec violence elles se sont appuyées sur ma bouche, j'ai cru que j'avais gagné. Mais il m'a arrachée à lui.

« Hier soir, j'ai dit à Brigitte de rester. Si je fais l'amour avec toi, je saurai que c'est la dernière fois.

« Comment veux-tu ? répétait-il à voix forte, comment veux-tu une chose pareille ? Faire une dernière fois l'amour avec toi et le savoir. Crois-tu que ce soit possible ? »

Il me portait jusqu'au palier. Il me tournait le dos. Il refermait sa porte. C'était fini.

CHAPITRE XXXI

IL AVAIT DIT « TOI »

La Marette, non! Bernadette, non! J'ai couru chez France, rue Christine. Il n'était que onze heures et le marché battait son plein. Des femmes se pressaient devant des collines de fruits et de légumes; et il y avait aussi de la viande saignante et des poissons aux yeux voilés. Et partout des adultes, des adultes.

C'est le père de France qui m'a ouvert. « Qu'est-ce qui se passe? »

Je disais : « S'il vous plaît, s'il vous plaît... » Je ne pouvais dire que ça. « S'il vous plaît, l'arrêt de la souffrance. S'il vous plaît, Pierre. »

Il m'a prise par l'épaule.

« Viens! »

Il m'a emmenée à la cuisine et m'a donné un grand verre d'eau. « Bois! » Mes dents claquaient contre le verre; l'eau coulait sur mon menton. « Tout! Bois tout! » J'essayais d'obéir. A cinq ans près, il devait avoir l'âge de Pierre. Il aurait pu être Pierre pour moi.

« Tu veux parler? »

J'ai fait non.

« Tu veux être seule? »

Oui! Seule. S'il vous plaît, seule! Il m'a accompagnée dans la chambre de France. Elle était partie pour la

196

journée avec sa mère. Personne ne me dérangerait mais si j'avais besoin de quoi que ce soit il serait dans son bureau. Même si je voulais seulement venir m'asseoir avec un peu de musique, sans parler, pour sentir qu'il était là! Je me suis assise sur le lit. Voilà! Terminé! En trois jours, fini! Il n'avait même pas dit qu'on se reverrait.

Les larmes sont venues d'un coup avec du bruit. La douleur sortait de ma poitrine en rafales et m'arrachait. Il avait dit : « toi » et j'avais tout gâché. J'avais eu, quelques heures, la possibilité formidable de choisir la vie avec lui, je l'avais laissé passer. C'était trop tard. C'était fini. Et non, Bernadette, ce n'était pas comme ça : ne plus voir Pierre, ne plus en être aimée, c'était tout simplement au-delà du possible. Je ne pouvais l'imaginer. Avec la plage abandonnée, avec le bateau mort, avec les mouettes et les rochers, avec le monde, je refusais.

Et puis je me suis levée pour aller regarder les photos sur la cheminée de France. Et j'avais envie de les balayer du bras! Faire de grands gestes! Pousser de grands cris pour cacher la douleur. France, elle, pouvait tout garder. On ne la crucifiait pas, on ne l'écartelait pas au choix. Elle pouvait dire oui et oui. Comme Bernadette. Mais moi! Moi. Et les photos se brouillaient. Je revenais au lit. J'y tombais. Je voulais être morte. J'étais étendue dans un cercueil recouvert de fleurs blanches et les miens m'entouraient. Pierre était à côté de moi. Il comprenait qu'il m'avait tuée. Il comprenait que la petite fille douce et tendre et vulnérable était aussi une femme capable de mourir pour lui. Autour de mon cercueil, au son d'une musique déchirante, tout le monde pleurait; même moi d'ailleurs! C'est ainsi que je me suis endormie.

J'ai rêvé qu'il venait me chercher. Il me prenait la main très fort et m'emmenait chez lui. A nouveau, tout était bien.

J'étais encore à demi dans mon rêve quand j'ai sonné à sa porte. Il était un peu plus de quatre heures, notre heure ! J'avais décidé que je ne lui demanderais pas son avis. Je me mettrais dans un coin. J'attendrais. Un jour, il me dirait pour la seconde fois : « Tu as gagné. »

C'est Brigitte qui m'a ouvert.

Elle portait le même corsage que la première fois et je me suis étonnée de le reconnaître si bien. Ce qui m'a frappée aussi c'est qu'elle n'avait pas l'air d'une rivale. Elle avait des cernes sous les yeux, l'air fatigué.

Elle m'a regardée quelques secondes en silence comme si elle me posait une question importante. Elle ne semblait pas m'en vouloir, seulement le regard triste.

« Entrez ! »

Le canapé avait été refait et les objets rangés. Des odeurs venaient de la cuisine. Bernadette avait raison. Qui épluchait les pommes de terre ? Pierre était en train de s'occuper du feu. Il m'a fait signe de loin. Brigitte a dit :

« Voulez-vous vous asseoir un peu ? »

Je suis venue m'asseoir à ma place sur le canapé. Je n'avais toujours pas prononcé un mot et Brigitte faisait comme si c'était normal. Elle m'a apporté un café sans me demander mon avis. Il devait être prêt parce que cela ne lui a pas pris une minute. Puis elle s'est assise à côté de moi, sur ses pieds, comme Claire.

Quand Pierre a eu fini avec son feu il est venu nous rejoindre et pendant que je buvais d'un coup le café amer il m'a annoncé qu'il allait partir bientôt pour les Etats-Unis. Son exposition devait avoir lieu dans trois mois et ce ne serait pas un mal qu'il soit là pour prendre des contacts avec la presse. Brigitte le rejoindrait à Pâques avec Angèle.

Ils parlaient l'un après l'autre, d'une voix calme et lente, et j'avais l'impression d'être entre les mains de deux chirurgiens qui se seraient donné beaucoup de mal pour m'arracher sans trop de douleur quelque chose d'essentiel. J'avais envie de leur dire : « Ne vous donnez pas toute cette peine... » Entre eux, à ce moment, je ne souffrais pratiquement plus.

« L'Amérique, disait Brigitte, fait paraître la France toute petite. Quand on revient de là-bas, on s'étonne; on apprécie vraiment... »

Je participais à la conversation. J'ignorais qu'un grand choc pouvait vous soûler. J'étais ivre. Les mots se pressaient sur mes lèvres, moi qui, d'habitude, ai tant de mal à m'exprimer. Je les sortais de ma poitrine, en foule. Oui! Les Américains! On m'avait dit à moi qu'ils aimaient les choses enracinées. Alors, la Bretagne, évidemment, cela ne pouvait que leur plaire! Ces murs issus du rocher, ces gens nés de leur sol et de la vague, aux visages de vent et d'embruns, aux mains de bois tordu, aux yeux de grand large. On m'avait dit que les Américains... Mais sur eux, aussi, je devais me tromper, schématiser, comme sur l'amour! J'avais cru que lorsque deux êtres s'aimaient, mais vraiment et totalement avec tous les plaisirs possibles, que lorsqu'ils avaient réussi, comme disait papa, à se fondre si fort ensemble qu'ils échappaient à la solitude, ils étaient en quelque sorte invulnérables. J'avais cru!

La nuit tombait et c'était mieux qu'on n'allume pas. Je ne voyais de Pierre que son visage penché et immobile comme celui de quelqu'un qui pense à son destin; et, de Brigitte, qu'un sourire de regret pour moi.

Quand elle s'est levée pour aller allumer la lampe, j'ai dit que je devais rentrer. Elle m'a serré la main. J'aurais voulu lui dire, et c'était vrai, que je l'aimais aussi; sans comprendre comment cela se pouvait puisque c'était quand même elle, finalement, que Pierre avait choisie.

Il m'a accompagnée jusque sur le palier. Et je restais là, en haut des marches, ne pouvant soudain plus ni parler ni bouger, que l'appeler de toutes mes forces.

« Tu as oublié ton écharpe... »

Du doigt, il a suivi ma joue, mon menton, mes lèvres. J'ai fermé les yeux. Oh ! ses lèvres, sa joue, son menton ! Je comprenais qu'il m'aimait toujours mais ne le dirait plus. Je savais que jamais je n'aimerais autant mais que sans doute je l'oublierais, et l'oubli futur de cette minute m'était plus insupportable que tout.

Il m'a dit : « J'ai quelque chose à te demander ! Je voudrais venir à *La Marette*, juste une fois. C'est là-bas que je te dirai adieu. »

En descendant les marches, machinalement, j'ai regardé ma montre. Il était dix-neuf heures, comme on dit. Je serais à l'heure pour dîner.

CHAPITRE XXXII

LE MOMENT INSUPPORTABLE

MAMAN et Cécile sont sur le canapé, Bernadette debout près de la cheminée, mollets au feu, moi sur mon tabouret. La princesse prépare l'apéritif. Pierre est sur le fauteuil de l'invité, face à la flamme.

Tout a été très simple. Vers sept heures, le téléphone a sonné. C'était lui. « Je suis dans le coin, est-ce que je peux passer ? »

On était déjà tous au salon, moins papa qui venait de rentrer et se mettait à l'aise. Je me suis tournée vers maman sans lâcher l'appareil.

« L'oncle de Béa est dans le coin. Ça lui plairait de connaître la maison. »

Maman m'a fait signe que « oui, bien sûr ! » Elle est toujours d'accord pour ouvrir à tous la porte de la maison et aime beaucoup Béa. Elle voudrait pouvoir lui communiquer un peu de notre chaleur. Elle ne sait pas qu'un peu c'est plus douloureux que pas du tout. Il a sonné. Cécile s'est précipitée pour ouvrir. Je l'ai laissée. Lorsqu'elle est revenue avec Pierre elle avait l'air déçue. Elle devait attendre quelqu'un du genre de Stéphane. C'est vraiment « un oncle ».

Il pleut ! Il ne cesse de pleuvoir, et ses cheveux étaient mouillés, tout plaqués sur son crâne. Maman lui a proposé une serviette pour les sécher; il a ri en disant que le feu s'en chargerait et qu'il ne fallait pas lui retirer l'occasion d'être bien coiffé pour une fois.

Il a demandé un whisky sans eau avec deux glaçons. S'il n'était pas venu ce soir je n'aurais jamais su qu'il aimait le whisky. Chez lui, je l'ai vu boire du café noir et du vin. Je sais si peu de lui.

Il parle Bretagne avec maman : pêche, tourteaux, bigorneaux, coiffes et tempêtes. « Nous, dit maman, nous sommes de vieux Normands et c'est surtout la moule et la crevette, la coque aussi bien sûr et l'équille aux grandes marées. » Mais elle est déjà allée en Bretagne et elle aime. C'est plus beau, plus sauvage et plus fort. Finalement, c'est plus la mer! Ça sent davantage. Cela déteint sur tout le paysage. Si ce n'était si loin... Si les routes étaient plus faciles pour s'y rendre!

Il porte une chemise à carreaux, un caban de gros lainage bleu, des chaussures de cuir comme tout le monde. Chez lui, presque toujours, il était en espadrilles. Il marchait sans bruit. Il aimait à venir m'entourer de ses bras, par surprise. Une fois, dans la cuisine, il m'a fait si peur que j'ai cassé une tasse.

Bernadette ne le quitte pas des yeux tout en tirant sur sa pipe, mais son visage ne reflète rien. Elle ne me dira que dans quelques jours ce qu'elle en a pensé, à sa façon : « Très chouette, mais vous en auriez bavé! »

La princesse s'est servi un porto. Elle mitraille du regard Cécile qui fait une razzia parmi amandes et gâteaux salés. Que de fois elle lui a expliqué qu'un apéritif ça se déguste, se distille, se converse!

Puis voilà papa, et c'est moi qui fais les présentations : « Mon père! » « L'oncle de Béa! » Charles a une façon que j'adore de serrer la main des gens en les regardant profond. Je suis sûre que cela plaît à Pierre. Papa ne se doutera jamais de rien. Demain, il dira : « Mon Dieu que cet homme avait l'air tourmenté! »

Maman va chercher de l'eau non gazeuse pour le whisky de son mari et se rapporte à elle sa boisson favorite : un verre de vin rouge avec une rondelle de citron. Si c'était l'été, elle y rajouterait des morceaux de pêches bien mûres. On parle de l'Amérique, maintenant. Du rôle de l'Amérique, je ne sais quand et je ne sais où. L'Amérique va me voler Pierre. Elle n'a été découverte que pour ça. Elle n'existe que par ma douleur.

« Comment l'as-tu connu ? » me souffle Cécile.

J'élude d'un geste vague. Comment connaît-on les gens ? Comment rencontre-t-on l'amour ? Voilà quatre ans que j'étais en classe avec Béa et elle n'avait jamais songé à me présenter son oncle. Je l'ai connu par hasard, voilà !

Je tisonne le feu. Un brouillard m'enveloppe qui n'est pas celui de la souffrance. Ai-je, moi aussi, une rémission ? Depuis qu'il est entré, je ne peux croire que je ne le verrai plus. Ni d'ailleurs que je l'aime tant et le cherche la nuit, et pleure, et ai perdu mon appétit.

Il se tourne vers Bernadette, regarde ses grosses chaussures et un éclair de malice passe dans son regard.

« Et Germain ?

— Il s'empâte, déplore Bernadette. Depuis qu'on a parlé de lui à la télévision, il se croit arrivé et ne se donne plus aucun mal pour rien.

— La réussite ! »

« Comment il a connu Germain ? demandera Cécile plus tard.

— Je lui ai raconté.

— Alors, il ne m'a pas vue à la télé ?

— Il n'a pas la télé.

— Le pauvre ! j'ai vu qu'il n'était pas riche. Il regardait tout ici comme s'il avait envie... »

« Vous savez, dit Pierre à maman, je suis fils unique et j'ai perdu tôt mes parents. Je ne savais pas ce que c'était qu'une famille.

— C'est la joie, dit maman, simplement, et papa la regarde avec des yeux qui brillent.

— On dit ça, ricane Cécile. Ça doit être chouette, pourtant, d'être fille unique. »

Soupir exaspéré de Claire. Pierre sourit.

« Sois remerciée par tes trois sœurs », dit Bernadette.

Cécile nous regarde, l'une après l'autre.

« Vous pourriez exister quand même, accorde-t-elle. Vous seriez des cousines par exemple! Vos parents eussent péri dans un accident d'avion et maman vous aurait adoptées. On s'occuperait très bien de vous mais tout le monde saurait qu'au fond je suis la seule vraie! »

Bernadette lui envoie une bourrade.

« La bonté même, cette enfant...

— L'âge ingrat même! » rectifie Claire.

Pierre se lève.

« Si vous restiez dîner avec nous? propose maman.

— On m'attend. »

Il lui serre la main. « Sans la baiser », remarquera Cécile qui, depuis Stéphane, accorde une importance extrême à la galanterie, tout en réclamant la mort des phallocrates.

Maman le regarde longuement, sans sourire. Je saurai ce soir qu'elle a compris en trouvant sur mon oreiller, avec quelques mots d'elle, un livre de poèmes. On y dit que la souffrance d'amour passe et rend pour toujours les couleurs du ciel plus profondes et les autres plus proches.

« Paul va vous raccompagner! »

C'est Bernadette qui vient de décider cela et son ton impératif étonne papa et cloue Cécile au canapé. Nous quittons le salon.

« Paul... murmure-t-il. Paul... »

Nous traversons l'entrée. Je le sens là, tout près de moi, à me toucher. Nous sommes en haut des marches du perron. Il pose sa main sur la rampe de pierre, là où

je la pose, près de la fente où renaîtra bientôt la mystérieuse fleur. Six marches. Le gravier. Alors il s'arrête,
lève les yeux, désigne la fenêtre, sous le toit.

« Là ? »

Je fais oui. Là ! Là sans toi ! D'un seul coup, toute la
douleur afflue. Je ne peux plus respirer. On pourrait
me tuer...

Le gravier parle sous nos pas. Mouillé, il a un bruit
plus doux, arrondi. L'odeur est intense et semble, avec
le jardin qui s'égoutte, frémir autour des arbres. Moins
vite ! Moins vite ! Il a une 2 CV dont la capote déchirée
est recollée avec du sparadrap. « Quelqu'un m'a fait ça
une nuit, pour s'amuser. Je n'avais rien à voler »... Je
ne savais même pas qu'il avait une voiture. C'était des
choses dont nous ne parlions pas. Nous n'avons jamais
parlé que d'amour. Je ne m'assiérai jamais à côté de lui
sur cette banquette pour regarder se dérouler la route,
rien que pour nous.

« Je t'ai apporté quelque chose ! »

Comme il ouvre son coffre, j'aperçois un ciré et des
bottes. Il sort une toile enveloppée d'un chiffon.

« Ne la regarde pas maintenant. »

Il montre ma fenêtre : « Dans ta chambre ! » Et il dit
encore, d'une voix très sourde, de révolte, en mettant la
toile dans mes mains : « Je l'ai peinte en t'attendant ! »

Sa voix m'a bouleversée. Je crois qu'elle m'a redonné
espoir. Je le regarde et l'appelle; et lui, avec un visage
comme s'il courait, regarde la maison et sa lumière
dans le salon. Quand il se tourne vers moi, c'est trop
fort. Je ferme les yeux.

Je sens ses mains sur mes épaules; sur ma bouche,
une seconde, ses lèvres jointes. Puis, très vite, j'entends
le bruit de la voiture et quand je regarde il n'est plus
là. Je crois qu'il a dit « mon amour ».

La toile, c'est le bateau échoué. En attente de mer.
En attente de vie. En soif. En faim. C'est moi avant lui.
C'est moi maintenant. C'est le moment insupportable.

CHAPITRE XXXIII

AU NOM DE NICOLAS

Nicolas n'existe pas ! Ni dans la classe de Cécile, ni dans les autres... Cécile est une petite fille solitaire qui ne fraie pas assez avec ses camarades ! Voici longtemps que la directrice voulait en parler à maman ! Si, d'elle-même, maman n'était venue la voir, elle lui aurait fait signe.

Incrédulité ! Consternation ! Nicolas n'existe pas. Je le voyais rouquin, l'air éveillé, toujours en mouvement. Dès que la poison jurait ou faisait une bêtise on disait : « Il y a du Nicolas là-dessous. » A sa façon, il faisait partie de la famille. Eh bien, pas de Nicolas !

Il est sept heures. Le salon sent le soufflé au fromage. Papa arbore la paire de babouches marocaines offerte par maman pour Noël. Il lui faut toujours du temps pour se décider à utiliser quelque chose de nouveau.

Maman a annoncé la nouvelle d'une voix prudente : notre petite sœur est chez Jean-Marc; on peut parler. Mais personne ne trouve rien à dire; c'est une mauvaise nouvelle !

« Ça me rappelle quelque chose », dit papa.

L'histoire de l'an dernier ! Un dimanche matin, la femme de Grosso-modo appelle de Pontoise. Elle a une voix horrifiée :

« Vous savez ce qu'elle fait, votre petite ?

— Elle a dit qu'elle voulait assister à la messe là-bas », dit maman naïvement, car c'était l'époque où la poison était mystique, ce qui entraînait, on se demandait pourquoi, un constant changement de lieu de prières.

« Venez donc voir comme elle y assiste ! »

C'est la sortie de la grand-messe. Une foule de gens. Cécile ! Une canne blanche pointée en avant, les yeux cachés sous d'énormes lunettes noires, elle trébuche, bringuebale le long du trottoir. Il faut voir la tête apitoyée des paroissiens : « La pauvre enfant ! »

On l'embarque prestement. Papa ne desserre les dents qu'arrivé à la maison. Là, grande colère : « On ne joue pas avec le malheur des autres... leurs infirmités »... Réponse de la poison avec un regard de défi : « Ce n'était pas pour jouer ! »

Il faudra la cuisiner longtemps pour qu'elle s'explique : elle aime quand quelqu'un qu'elle ne connaît pas lui prend le bras pour la guider. Une main, une voix inconnues, ça lui fait chaud. Ça lui donne envie de pleurer.

« Et je ferme vraiment les yeux », se rebiffe-t-elle pour conclure.

Oui, en un sens, Nicolas, c'est pareil. Quelque part, un froid à combler. A l'étonnement général, Claire, pour une fois, donne son avis. Et c'est presque avec passion.

« Je la comprends ! Tout le monde devrait parler à tout le monde. On se limite à quelques-uns parce qu'on les connaît. C'est ridicule ! »

Papa considère, étonné, notre princesse à nouveau réfugiée au fond de son fauteuil. Maman a l'air un peu triste. Je sais ! Claire vient d'exprimer sa solitude. Quand on se sent seul, il vous faudrait la terre entière.

« Ne dramatisons pas, s'il vous plaît, fait la bonne

grosse voix de Bernadette. Réfléchissons plutôt à Nicolas. Qu'est-ce qu'il fait, Nicolas ? Il siffle dans la rue, boit des demi-panachés par dizaines, regarde la télévision à gogo, joue au foot comme un as, ce qui ne l'empêche pas d'avoir des vingt partout ! On aurait dû se méfier. Il faisait trop de choses, Nicolas ! Tout ce que voudrait faire Cécile.

— Bien des petites filles regrettent de n'être pas des garçons, fait remarquer le « docteur Freud ». Toutes ne s'inventent pas pour cela un double.

— Freud était complètement gaga, déclare Bernadette. Ce n'est pas parce qu'elle regrette de n'être pas un garçon, c'est qu'elle veut avoir les mêmes droits qu'eux !

— Ça recommence, soupire Claire.

— Je pense, dit maman, apaisante, qu'elle est à un âge difficile. L'âge où on ne sait plus bien qui l'on est...

— Tous les âges sont difficiles, dit notre princesse avec un regain de passion ; elle ignore qu'elle mange son pain blanc ! »

Elle a parlé d'un tel ton sinistre qu'on ne peut s'empêcher de rire. On va finir par l'appeler la martyre ! Elle daigne sourire.

« Puisque tu sembles voir si clairement le problème, déclare Bernadette, on te la confie ! »

Air affolé de Claire :

« Me la confier ? Mais qu'est-ce que tu veux que j'en fasse ?

— C'est toi qui es le plus là ! Tu vas l'écouter, lui parler. Tu essaieras de comprendre.

— Tu l'admireras », dis-je.

Cela m'a échappé et on me regarde. Oui, tu l'admireras. Tu la feras compter !

Maman me sourit.

« Il me semble que, de toute façon, il ne faut parler de rien. Faire comme si on ne savait pas !

— Heureusement, dit papa gravement, Nicolas part

l'année prochaine pour l'Amérique. Elle nous l'a dit elle-même. »

Un rire fuse qui fait du bien. Nicolas existe !

« Il va falloir veiller à ce qu'il ne change pas d'avis », dit Bernadette.

La porte d'entrée claque. Celle du salon s'ouvre à toute volée. Cécile-Nicolas apparaissent; pantalon de velours avachi, chaussures de basket, anorak.

« C'est la course contre la montre décidément ! Savoir qui va arriver en premier chez Jean-Marc, le môme ou la mort ! »

Crâne, ma petite ! Maman ouvre les bras. La tête basse, le front buté, Cécile y court. Maman appuie sur ses épaules pour l'obliger à s'asseoir près d'elle. « Tu me fais mal... » Mais ça fait du bien quand c'est un mal comme ça ! On espère tous qu'elle va pleurer. Non ! On devrait le savoir : Nicolas ne pleure jamais !

C'est le soir que c'est le plus dur ! La porte refermée, les bruits éteints; quand la nuit s'empare des choses et qu'il n'y a plus que moi : moi sans Pierre.

Dans la journée, il y a le lycée, les gestes obligatoires, les autres. Il m'arrive d'oublier. Il m'est même arrivé de penser que j'avais eu raison. Le soir, je regrette, je regrette, je regrette.

Il m'a faite femme et je couche dans mon lit d'enfant. Il m'a donné un corps et il n'est pas là pour l'apaiser. J'ai peur d'oublier sa voix; et comment il disait « je t'aime »; et comment, sur ma poitrine, malgré son visage fatigué et tout ce qu'on appelle l'expérience, il devenait mon fils.

Je l'aime et pourtant j'espère qu'il souffre comme moi. Je veux qu'il ait mal aussi. Le plus terrible serait de se dire qu'il m'a oubliée. Plus affreux que moi sans lui, il y a l'image de lui, sans moi.

Je n'ai pas encore accroché la toile. Elle est près de mon lit. Parfois, la nuit, j'allume, et, du bout du doigt, je touche les galets, la vase, l'algue. Je connais par cœur maintenant, à droite du tableau, cet enchevêtrement de ronces et de genêt et, en haut, cet arbre tordu par le vent mais qui résiste. Et partout, ce ciel bas lourd de nuages qu'il m'arrive de voir avancer, jusqu'au vertige. Et devant, au centre, la masse inerte du bateau que je caresse toujours en dernier.

Pierre m'a offert son île sauvage, ses tempêtes, sa lutte. J'ai choisi la plage normande, les longues étendues blondes, les familles en rond, la tartine beurrée du goûter où quelques grains de sable crissent sous la dent.

CHAPITRE XXXIV

UN GRAND OUI

« Quand mon père est mort, dit maman, j'ai eu l'impression que la vie changeait de couleur; ou plutôt, qu'elle ne retrouverait jamais plus les couleurs d'avant. Et ce qui me paraissait le plus insupportable, c'était qu'elle pût les retrouver un jour : une trahison! Et puis, un matin, tu ouvres ta fenêtre et l'air te semble bon. Les odeurs affluent, quelque chose t'envahit : c'est la vie qui reprend. Il ne faut pas la refuser! »

Mars! Les jours, plus longs, se chargent de promesses. Un bourdonnement s'élève au-dessus des champs. Le blé a pris du galon. Chaque dimanche, papa taille avec amour ses rosiers et, malgré les gants, ses mains sont toutes griffées. « Ce sont des mains de jardinier, dit maman, pas des mains de médecin... » À la ferme voisine, les agneaux s'essaient à marcher. J'aime les voir, arc-boutés sur leurs pattes de derrière, tirant le lait de leur mère avec une vigueur formidable qui ressemble à une protestation.

Sur le canapé, un tas de vêtements de l'été dernier. Chaque année, à cette époque, maman se remet à la taille. Je suis debout sur mon tabouret et elle fait l'arrondi de l'ourlet. Je sens ses doigts sur mes genoux.

« Il y a une chose à laquelle il ne faut pas céder,

dit-elle, le regret ! Le regret, c'est marcher à reculons. Qu'on ait eu ou non raison, il faut toujours regarder devant. »

Je vois son visage penché. Elle parle sans me regarder et c'est plus facile. Ce poids en moi, en l'écoutant, ce n'est pas Pierre ! C'est de n'être plus la petite fille dans la voix de ma mère. Ai-je tant changé pour qu'elle me parle ainsi ?

« Voilà ! Ne te pique pas en enlevant ta robe ! »

Je descends du tabouret; la robe passe par-dessus ma tête.

« De mon temps, remarque maman, on mettait des combinaisons, des jupons; vous, c'est tout à même la peau ! »

Au tour d'une jupe de Bernadette. Trop large... Décidément !

« Tu allonges, constate maman. On dit que les garçons grandissent jusqu'au service militaire; moi, j'ai pris deux centimètres à la naissance de Claire ! »

Deux pinces à la taille. Ça pourra faire encore une saison. Ce n'est pas le cas des corsages que je n'arrive plus à boutonner. J'ai drôlement augmenté de poitrine.

« On les proposera à Cécile, dit maman, et nous deux, si tu veux, on ira faire quelques courses à Paris. »

Et nous deux ! Est-il possible d'être si près de sa mère, partie d'elle, et de ne pas avoir une seule fois pour elle prononcé le nom de celui qu'on aime? Je l'aime. Je t'aime, Pierre. Si le jour vient où, ouvrant ma fenêtre, je retrouve la vie, ce jour-là, j'essaierai de lui raconter.

Jean-Marc n'est pas retourné à l'hôpital. Il va plus mal. Cécile va le voir chaque jour.

« Quand on aime quelqu'un, on ne croit réellement à sa mort que quand il n'est plus là, dit maman. Et encore ! Il va falloir aider Cécile. Elle n'a jamais cru réellement que Jean-Marc allait mourir. »

Il est mort ce matin, à cinq heures, sans souffrir, paraît-il. Papa dit que les gens s'efforcent de durer jusqu'à l'aube et que s'ils y parviennent ils peuvent espérer une journée de plus.

Nous dormions. Nous n'avons entendu ni le téléphone ni le départ des parents, mais, au petit déjeuner, la cuisine était vide. Nous nous interrogions quand papa est rentré. Il avait les yeux rouges et pas de cravate. Il s'est approché de Cécile et il a dit d'une voix brouillée : « C'est fini ! »

Cécile a relevé brusquement la tête. Elle l'a regardé d'un regard de colère, presque de haine, comme si elle lui ordonnait de se dédire. Papa a tendu la main vers elle ; alors, elle a lancé sa serviette sur la table et a quitté la cuisine en courant. La serviette était tombée dans le bol de chocolat mais on a tout laissé comme ça et, à neuf heures, nous sommes partis là-bas en voiture.

On s'était habillées en foncé, sauf la poison qui était restée comme hier. Tout le long du trajet, elle a siffloté en regardant par la vitre.

Dans la petite maison de Jean-Marc, il y avait beaucoup de voisins, des chuchotements, une odeur de café, comme une fête qui ne s'avouait pas. Quand papa a ordonné à Marie-Agnès d'aller s'allonger à cause de l'enfant, j'ai eu l'impression qu'il retirait quelque chose aux gens.

Il nous a emmenées voir Jean-Marc. Tout raide sous son drap blanc, les mains le long du corps, il était comme au garde-à-vous, répondant à un appel.

La chambre sentait les fleurs mais je m'efforçais de ne pas respirer à fond parce que j'avais peur qu'elle sente aussi autre chose.

Le plus terrible, c'était les cheveux. Jean-Marc avait toujours refusé qu'on les lui coupe et papa, qui pourtant est contre les cheveux longs, avait piqué plusieurs colères parce que les infirmières insistaient.

Il les avait très longs, retenus par un cordonnet

autour du front. Je n'avais jamais vu un mort hippie et, je ne sais pourquoi, ces cheveux m'empêchaient de croire qu'il était vraiment mort. J'ai vu des pensées passer sous son front; j'ai vu ses lèvres bouger.

Maman était agenouillée près du lit. Claire sanglotait contre la porte, Bernadette fixait Jean-Marc comme si elle lui ordonnait d'arrêter cette comédie et ne comprenait pas qu'il n'obéisse pas plus vite. Papa avait l'air gris, l'air de savoir. J'ai pensé que c'était un spectacle qu'il affrontait souvent. Alors, comment n'était-il pas différent? Comment pouvait-il plaisanter avec nous, aimer la tarte, planter ses rosiers?

Cécile est venue près de moi et j'entendais qu'elle avait du mal à respirer. Me souvenant des paroles de maman, je lui ai posé la main sur l'épaule, bien que j'aie du mal à faire ces gestes-là. Mais il fallait qu'elle sache que je l'aimais énormément. Au bout d'un moment, elle s'est dégagée et elle est allée s'asseoir au bord du lit, là où chaque soir, paraît-il, elle faisait la lecture à Jean-Marc.

Le livre était resté sur la table de nuit avec d'autres petites affaires : une lime à ongles, un calendrier, un mouchoir. Elle l'a pris; elle s'est tournée vers lui et a commencé à lire à voix haute.

Les parents se tenaient tout raides, maman la tête dans l'épaule de papa qui avait passé son bras autour d'elle.

Mme Grosso-modo est entrée à ce moment avec la boulangère à qui elle faisait les honneurs et elle nous a regardés comme si nous étions tous fous. Il faut dire qu'il s'agissait d'un livre comique; Jean-Marc aimait bien ça, quoique rire lui fasse mal les derniers temps. Quand elle a voulu arrêter Cécile, Bernadette l'a virée d'une main de fer.

Cécile a fini tranquillement le chapitre et quand même, nous avons été soulagés qu'elle n'en commence pas un autre. Puis ils sont tous sortis, mais moi je n'avais pas envie de quitter Jean-Marc. Je me sentais une dette envers lui. L'amour de Pierre m'avait empêchée d'y penser assez.

Nous étions seuls et je fixais ses lèvres blanches, ses yeux fermés. Au bout d'un moment, il s'est passé une chose étrange : j'ai senti venir la paix. Un grand calme. Un grand oui. J'ai seulement compris qu'il était parti, qu'il ne souffrait plus; en un sens qu'il était bien.

Et je regardais son visage éteint : « La mort, me disais-je, n'était pas forcément ce qu'on imaginait : un déchirement, un arrachement; plutôt une suite logique, une porte que l'on passait après bien d'autres portes et qui s'ouvrait sur autre chose. »

D'ailleurs, les gens de la campagne, qui voient les choses plus simplement, disent « passer »... pour mourir.

CHAPITRE XXXV

NOUS AURONS DES CERISES

« Viens ! » dit Cécile.

Elle me secoue. C'est encore la nuit ou presque ; à peine un soupçon de gris de l'autre côté du volet. Je dors !

« Vite ! »

D'un geste impératif, elle me tend mes bottes. Mais pourquoi mes bottes ? Je vois, au pied de mon lit, un panier recouvert d'un linge blanc.

« J'ai peur d'y aller toute seule... »

Aller où ? Je me redresse. Elle a passé son anorak sur sa chemise de nuit et elle a ses bottes, elle aussi. Soudain, elle me semble très petite, ma toute petite sœur. J'enfile un pull. Ma tête est pleine de brouillard et j'ai froid. Elle me regarde sans bouger. J'espère qu'on ne va pas loin. J'ai peut-être deviné.

Dans l'escalier sombre, je me guide au clair de sa chemise. Les marches craquent. On aura de la chance si on ne réveille pas toute la maison ! En bas, j'attrape un manteau au hasard. Cécile ouvre la porte d'entrée avec mille précautions.

Le perron est humide. L'air nous saisit. Une odeur intense, piquante et fraîche nappe le jardin. Où est Cécile ? Elle ressort du garage avec la pelle de jardin, tend le doigt.

« Là-bas ! »

Elle a désigné, près de la clôture qui nous sépare de l'Oise, un endroit où on ne va plus jamais. Il y a là un vieux cerisier et un pommier gâteux qui ne donne que des fruits bizarres, fruits-farces, doubles ou triples, comme des dés, ou boursouflés, jamais sucrés.

L'année de notre arrivée à *La Marette*, on s'était fait là une cabane. A l'entrée, Bernadette avait confectionné un piège pour décourager les curieux. Papa en avait été la première victime. Il avait très mal pris sa foulure à la cheville.

La poison m'a confié la pelle ; son panier à la main, elle marche collée à ma hanche. Des lambeaux de brume sont accrochés çà et là comme dans les films d'épouvante. Le chemin est fini ; on marche maintenant dans l'herbe haute. C'est très désagréable d'être nu-pieds dans des bottes. On a l'impression d'avoir les mollets mouillés et les doigts se recroquevillent malgré soi. Avant, on fauchait ! Enfin, papa fauchait ! Ça doit être vrai qu'il a davantage de travail. Pauvre jardin ! Le jour passe le nez ; entre loup et chien. Nous voici au pied du pommier.

« Il faut creuser », ordonne Cécile.

Elle désigne l'endroit, entre l'arbre et la clôture. L'Oise frissonne sous son édredon de brume. Nous creusons chacune notre tour. A voir comme ça, on dirait que le sol est tendre ; en réalité, il résiste, dur, serré. De temps en temps, une pierre résonne. La chemise de la poison est bientôt toute foncée en bas.

« Je pense que ça suffit ! »

Au moins, on n'a plus froid ! Elle va chercher le panier et rejette le linge. Les champignons, bien sûr !

Nous les regardons un moment : les amanites, les phalloïdes, la fameuse oronge qui est devenue comme les autres, marronnasse et racornie. Je pense à Jean-Marc. Cécile aussi, je crois, parce que sa voix est bizarre quand elle dit : « Je mets la serviette et après tu verses. »

La voici agenouillée, disposant au fond du trou le linge qui recouvrait les champignons : une de nos plus belles serviettes de table, aux initiales de grand-mère, rien que ça! J'incline précautionneusement le panier. Je ne veux pas toucher. Les champignons roulent; cette petite colline de mort n'a vraiment l'air de rien! Pourtant, à nouveau je tremble : de froid et d'autre chose. Cécile rassemble les bords de la serviette puis, très vite, à pleines mains, et comme si elle craignait de changer d'avis, renvoie la terre dans le trou.

Quand tout est recouvert, nous tassons avec les pieds. Evidemment, on se dit quand même qu'il s'est passé quelque chose ici; mais qui pourrait se douter que nous venons d'y enterrer la mort?

C'est vraiment le jour quand nous revenons. Il s'ouvre comme une fleur : rosé, délicat : pétale.

Cécile s'arrête, fixe quelque chose, le sourcil froncé, l'œil incrédule. Je suis son regard. Le cerisier a quelques fleurs!

« Merde alors! On va avoir des cerises », dit-elle.

Et enfin elle se décide! Elle pleure.

Avril! C'est un nom entre soleil et glace. Un nom blanc aux scintillements de cristal. Il en sort des perce-neige. Bien que le temps s'adoucisse je n'arrive pas encore à croire qu'un jour j'irai jambes et bras nus sur ma mobylette. C'est à chaque fois la même chose : l'hiver, on oublie comme il peut faire bon au printemps.

L'enfant est né! Il s'appelle Jean-Marc et il est encore impossible de dire à qui il ressemblera. Bien entendu, la poison est la marraine. « Il va en baver », avertit-elle à la ronde.

Nicolas a un vélo Solex. Nicolas a le droit de rester à Paris le 14 Juillet pour danser, lui! Nicolas n'a peur de rien, même pas de voir ses parents mourir sous ses yeux dans un grand incendie qui brûlerait la maison aussi et le laisserait seul au monde.

Pour les vacances de Pâques, dans huit jours, nous allons en Bourgogne. Grand-mère va mieux et nous réclame. Claire n'a pas tellement envie de nous accompagner. Elle restera s'occuper de papa et aussi, tenez-vous bien, de Germain. En voilà deux qui peuvent s'apprêter à souffrir !

Bernadette a eu une grande idée. L'été prochain, elle partira en vacances sur son cheval. Chaque soir, elle établit une carte compliquée avec les différents relais, manèges et campings. Le pauvre Stéphane qui avait espéré qu'elle viendrait à Saint-Tropez dans la maison de ses parents se fait des cheveux blancs. Elle lui a proposé de la suivre en voiture avec les bagages et une tente.

C'est plein jour maintenant quand je sors du lycée et le Luxembourg fait son jeune homme pimpant avec ses œillets de poète partout. Malheureusement, une main inconnue a pillé les plates-bandes qui, depuis, sont surveillées par des gardiens en uniforme. Béa ricane : « La poésie sous les barreaux ! » Elle approuve le pillard : chacun est libre de faire ce qui lui plaît ! Le bien d'autrui ? Valeur bourgeoise...

Je ne me mets pas en colère. Je me souviens de son regard, une fin d'après-midi d'hiver comme je parlais avec Angèle. J'ai cessé d'admirer Béa mais il me semble que je l'aime mieux.

Demain, nous plantons le pommier. Stéphane a été convié et je crois qu'il a l'intention d'apporter une bouteille de champagne. C'est bien lui ! Evidemment, cet arbrisseau fera bizarre, les premiers temps, au milieu de ses aînés, mais un jour il les rattrapera et alors, dit papa, ils n'auront qu'à bien se tenir !

Si vous entrez dans ma chambre, la première chose que vous voyez, c'est le tableau de Pierre. Je l'ai suspendu en face de mon lit. Ce paysage à la fois fort et meurtri, l'appel qu'on entend monter de là-bas où doit se trouver la mer, le soleil bref des genêts dans la ronce... j'ai l'impression d'y avoir été !

Il m'arrive, par moments, de me sentir vide, très loin de tout et de tous. Comme si une partie de moi-même s'en était allée avec Pierre. Mais il me semble aussi, c'est étrange, que je commence un peu d'être moi.

Ce matin, en ouvrant ma fenêtre, j'ai senti m'envahir un appel. Alors j'ai fermé les yeux et respiré de toutes mes forces pour y répondre, et cela m'a fait comme un vent léger sur une plaie.

Il me semble que maintenant je pourrais parler du bonheur !

TABLE DES MATIÈRES